걷기의 즐거움

# THE JOY OF WALKING

*The Joy of Walking*

# 걷기의 즐거움

우리가 사랑한 작가들의
매혹적인 걷기의 말들

수지 크립스 엮음
윤교찬·조애리 옮김

INFLUENTIAL
인 플 루 엔 셜

# 차례

## 2장 여기가 아닌 어딘가로

## 3장 걷는 존재들

# 4장 도시를 걷는 산책자

"혼자 걸어서 여행할 때처럼 완전히 살아 있다는
느낌을 받은 적이 없었고, 감히 표현하자면
그렇게 완전한 삶을 영위한 적도,
그렇게 철저하게 나 자신이 되어본 적도 없었다."

장 자크 루소, 《고백록》에서

당신이 이 책을 골랐다면 아마도 걷기를 충분히 즐기는 독자일 것이다. 진심으로 환영한다. 한편 밖에서 걷는 것보다 집에 머무는 것을 선호하는 독자도 있을 것이다. 이런 독자는 산책하는 것 자체를 끔찍이 싫어하고, 《걷기의 즐거움》이라는 제목 자체도 역설적이라고 여길 것이다. 산책이라 하면 시골 땅 여기저기에서 추위에 떨며 비를 맞는다거나, 걷다가 자칫 발목을 접질린다든지 발바닥이 부르트는 것을 떠올릴 것이다. 더 나아가, 《파리대왕》에서처럼 외딴곳에 표류된 채 패로 나뉘어 서로 싸우다가 성난 황소 떼에게 쫓기는 상황 같은 끔찍했던 수학여행을 떠올릴 수도 있을 것이다.

포스트모던한 세계에 살아가는 시민으로서 여러분은 걷기를 나 말고 남들이나 하는 일로 생각할지도 모른다. 헨리 데이비드 소로는 〈걷기〉에서 걷는 사람들은 만들어지는 것이 아니라 그렇게 태어나는 것이라고 했다. 그렇기에 여러분은 세상에는 두 부류의 사람이 있고, 한 부류는 정상적인 사람들, 다른 부류는 소위 멸종 위기에 처한 이들로 다름 아닌 '걷는 사람들'이라고 생각할 수도 있다. 하지만 이런 분류는 많은 것을 놓치게 한다. 걷기와 인간을 떼어놓는 일은 실로 대다수 사람의 삶에서 큰 부분을 포기하는 것이나 마찬가지다. 대다수의 사람은 어떤 이유이든 어느 곳에서든 항상 걷고 있기 때문이다.

어떤 사람들에게 걷기는 만병통치약이다. 최근에 친구 한 명이 어머니와 메신저에서 나눈 대화를 내게 전해 주었다. 장문으로 자신의 상황을 한탄하는 문자를 보내자 딱 한 줄로 유용한 응답이 왔다는 것이다. "바나나 하나 들고 산책 나가렴." 하지만 걷기는 치료 수단 이상의 의미를 지닌다. 걷기는 원하는 곳에 우리를 데려다준다는 실질적인 기능 외에도 시간을 보내는 방법이 되기도 한다. 삶이 그렇듯이 걷기 역시 시작과 끝이 있고 목적도 있다. 우리는 건강을 유지하기 위해 걷기를 선택한다. 동틀 때부터 해 질 때까지 과도하게 걷기에 집착하는 사람들도 제법 많다. 물건을 사려고 걸어서 길모퉁이 가게에 가기도 하지만, 어떤 사람들은 생존을 위해 매일 수 킬로미터를 걷기도 한다. 이제 당신은 한숨을 내쉬며 이렇게 말할지도 모른다. 그래요, 좋아요, 살면서 많은 시간을 걷는 데 쓴다는 건 부인할 수 없죠. 하지만 '걷기'가 그렇게 흥미로운 주제인가요?

발을 한 걸음씩 앞으로 내딛는 단순한 행위인 걷기는 인간의 진화 과정을 통틀어 예술적 표현에 자극이 되어왔다. 걷기라는 주제는 영문학 초기부터 은근하게나마 고통을 치유하는 수단으로 등장했다. 중세 영시인 〈방랑자〉에서 주인공인 방랑자는 비탄에 젖어 떠돌아다니며 자신의 아픔을 곱씹어본다. 순례라는 주제를 다룬 중세 영문학에서 육체적인 순례 행위는 정신적인 치유와 병행한다. 중세 영문학에서 시작된 이런 형태는, 오늘날 낸 셰

퍼드의 《살아 있는 산》(1977)과 로버트 맥팔레인의 《오래된 길들》(2012)이 그러하듯이, 자연과 걷기를 연계한 일종의 하부 문학 장르로 이어졌다. 걷기에 대해 주목하는 것은 결국 삶에 대해 주목하는 것이기에, 오늘날의 용어로 표현하자면 시간을 투자할 만한 행위가 된다. 하지만 나는 이 책이 그러한 '투자 수익률'에 대한 기대감을 보다 고차원적으로 승화시켜주거나, 그런 기대감 자체를 아예 잊게 해주기를 희망해본다.

　　걷기에 대한 글이 여러 세기에 걸쳐 산재해 있다면 어떻게 선별할 수 있을까? 선집이라면 당연히 선택 기준이나 범위가 있어야 하기에, 우선 이 선집은 17세기 중엽부터 20세기 초반까지의 글 가운데에서 선별해 실었다. 글의 명성 유무와는 관계없이, 선집에 실린 글들은 각기 놀라울 만큼 색다른 관점에서 걷기라는 주제를 다루고 있다. 귀감이 되는 고전적인 글도 있고, 소설에서 발췌한 글도 있다. 감히 말하건대, 대개의 소설에는 우리도 모르게 걷기에 대해 생각하게 하는 글들이 담겨 있다. 자, 본격적인 걷기 여정을 떠나기 전에 이 책을 읽으면서 만나게 될 몇몇 작가, 작품, 그리고 걷기를 대하는 관점에 대해 잠깐 살펴보자.

도보 여행의 역사를 다룬 《방랑벽》*(2000)에서 리베카 솔닛은 우리 시대가 주로 겪는 조급증에 대해 말한 적이 있다.

> 걷기를 좋아하는 이유는 서두르지 않기 때문이다. 그러면 내 마음도 발걸음처럼 시속 3마일(약 4.8킬로미터) 정도로 움직이게 된다. 우리 시대 삶의 문제는 생각이나 사색의 속도보다 훨씬 더 빠르게 움직이고 있다는 점이다.

걷기가 오늘날 조급증 문화에 대한 사려 깊은 해결책이라는 견해가 이미 이전 시대 작가의 글에도 등장했었다고 하면 우리는 뜻밖이라고 여길 수 있다. 18세기 웨일스 작가인 존 다이어는 시골길을 걸으며 느끼는 적적함이 가져다주는 달콤한 안락감에 대해 이렇게 말했다. "아! 위대한 적막감이여! 분주한 시인의 마음마저 정복하는 그대여!" 선집에 실린 대다수 시인, 소설가, 수필가 들은 건강

---

\* 국내에는 《걷기의 인문학》(반비, 2017)으로 번역 출간되었다.

한 육체에 건강한 마음이 깃든다는 옛말을 지지한다. 월트 휘트먼은 그의 시 〈열린 길의 노래〉에서 명상은 곧 걷기의 열매라고 하면서, "여름과 겨울 내내 그런 생각의 열매들이 나무에 매달려 있다가, 내가 지나갈 때 떨어지는 것 같다"고 했다. 걸으며 사색하다 보면 이성적으로 사고할 수 있을 뿐 아니라 감성적 차원에서도 위로받게 된다. 걷기는 강력한 감정 촉발로 이어지기도 한다. 이 선집에 실린 도로시 워즈워스, 존 클레어, 로버트 사우디, 엘리자베스 배럿 브라우닝, 그리고 윌리엄 워즈워스의 시가 보여주듯이, 걷기와 감성이라는 주제가 낭만주의 시인들의 주된 관심사였음은 물론이다. 이들에게 걷기는 종종 정신적인 경험이 동반하는 활동이다. 이와는 대조적으로 샬럿 레녹스의 《여성 키호테》에서는 산책 중에 마구 샘솟는 상상력이 풍자의 대상이 되기도 한다. 도시를 걸으며 점차 흥분에 휩싸인 주인공은 환상과 실상을 구분하지 못할 지경에 이른다. 한편 이 시기 작품에서 걷는 공간은 둘만이 나눌 수 있는 낭만의 공간이 되기도 한다. 토머스 하디의 《성난 군중으로부터 멀리》에서 밧세바 애버딘과 트로이 하사가 숲속에서 만나는 장면이나, 로사 N. 캐리의 《다른 소녀들과 다르게》에서 딕과 낸이 자신들이 함께 걸었던 경험을 소중히 여기는 장면 역시 마찬가지다.

하지만 걷는다는 것은 분명 한곳을 떠나 이동한다는 것을 의미하는 것이기에, 일상적인 것에서 벗어난다는 가능성이 잠재해 있다. 이를 두고 월트 휘트먼은 〈열린 길의 노래〉에서 "종이는 책상 위에 두고, 펼치지 않은 책은 책장에 꽂"고 떠나라고 했다. 걷기는 여행이 그러하듯이, 가능성과 자발성, 그리고 자유를 가져다준다. 에밀리 브론테의 《워더링 하이츠》에서 저 너머에 무엇이 있을지 궁금해하던 어린 캐시 언쇼는 걷기를 통해 자신이 품었던 의문에 대한 답을 구할 기회를 얻게 된다. 걸으며 여행하다 보면 우리를 얽매었던 것에서 벗어나 떠난다는 것이 과연 어떤 것인지 알게 된다. 윌키 콜린스가 쓴 콘월 지방 여행기인 〈철길 너머 산책〉에서 작가는 도보 여행자가 일종의 인간 거북이가 되는 모습을 그렸다. 거북이처럼 그는 모든 세상 물건들을 배낭에 담고는, "등의 일부가 되어버린 배낭 위에" 눕는다. 걷기란 말 그대로 짐을 질 하인이 없는 이상은 삶에 필수적인 것만 빼고 모든 것을 버려두고 떠나는 것이다. 걷기는 콜린스식으로 멀리 떠나는 것만 의미하지 않는다. 여기 실린 많은 글은 우리가 매일 할 수 있는 걷기에 대해 언급하면서, 일상생활 가운데 걷기가 가져다주는 중요하고 귀중한 순간들을 알고 있는 개개인 작가의 경험을 기록하였다. 제니 오델이 《아무것도 하지 않는 법》(2019)에서 기록하듯이, 어슬렁거리며 걷는 행위의 핵심은 무언가 새로운 것을 찾아 나선다는 것이다.

> 예기치 않게 낯선 길을 걷다 보면 시간적 흐름에서 벗어난 느낌을 받는다. 순간적이긴 해도 이런 장소와 순간은 피정에 온 느낌을 준다. 긴 피정을 마친 것처럼 다시 일상으로 돌아오면 모든 것이 달라 보인다.

이 말은 시골에서 걷든 도시에서 걷든 우리가 주기적으로 상쾌함을 맛보고 새로운 발견을 하게 해주는 도보 산책은 삶을 지탱해주는 가치를 지닌다는 것을 의미한다. 도시 산책은 걷다 보면 항상 일종의 무의식적인 모험 의식이 따라올 수 있다는 잠재적 능력을 갖고 있다. 샬럿 브론테의 《빌레트》의 주인공 루시 스노는 "혼자 런던을 걷는 것 자체가 모험"이라고 말한다. 도시 생활을 관찰하며 거리를 거니는 신사를 의미하는 산책자(flâneur)는 19세기에 이르러 주요한 문학적 비유가 되었다. 도시는 도보 산책자에게 수집할 수 있는 온갖 잡동사니를 제공해주는 놀이터가 된다. 최근에는 여성 산책자(flâneuse)에 대한 개념도 등장했지만 도시 산책은 문학을 통해 오랜 기간 남성적 시선 위주로 다루어졌으며 남성적인 일로 여겨져왔다. 여성이 거리를 산책할 경우 대개 성매매와 연관 지어졌다. 역사적인 맥락에서 이 책에 실린 글을 보면, 걷기는 대개 백인 그리고 남성 위주의 활동이었다. 소로는 〈걷기〉에서 그 시대 여성들이 처한 상황에 대해 말하면서 적절한 질문을 던졌다. "남자들보다 더 오래 집에 갇혀 있는 여자들은 어떻게 견디는지 모르겠다. 하지만 여자들도 그런 상태를 견딜 수 없을 것이라고 의심할 만한 이유가 있다." 소로의 견해가 맞았다. 이 책에 실린 글에서 여성들은 가정에 머물지 않고 밖으로 나와 걷는다. 하지만 여성들에게 걷기라는 주제는 남성과 다른 관점에서 다루어졌다. 별다른 목적 없이 단지 시간을 보내는 여가 수단이 아니라, 사회에서 받는 억압으로부터 벗어나 편안함을 찾기 위한 몇 안 되는 방법 중 하나인 것이다.《남과 북》에서 엘리자베스 개스켈은 주인공인 마거릿 헤일을 통해 이런 정서를 완벽하게 보여준다. "집 밖의 삶은 완벽했다. 집 안에서의 생활은 약점이 많았다." 여성에게 최고의 만족감을 준 것이 도보 산책일 수 있는 것이다. 엘리자베스 배럿 브라우닝의 운문 소설 속 오로라는 레이홀 정원을 배회하며, "나는 아주 젊고, 아주 강하고, 확고한 신앙을 가지고 있었다"라고 생각한다. 하지만 도보 산책의 개인적 만족감 너머로 여성의 걷기는 종종 불안감과 의혹의 시선과 맞닿기도 한다. 대부분의 글에서 여성 개인 차원의 만족감에 대한 우려의 시선이 드러난다. 제인 오스틴의《오만과 편견》에서 네더필드 공원을 걷는 엘리자베스 베넷의 산책도 마찬가지이다. 어머니 베넷 부인은 이를 '멍청한 짓'으로 여겼고 다른 여자들도 '믿을 수 없는 일'로 보았다. 그러나 프랜시스 버니의《방랑객 또는 여성의 어려움》에서 메이플 부인의 견해는 이와는 조금 다르다. "대체 그놈의 발은 어데 쓰고?" 어쨌든 산책하는 여성은 논쟁거리로 여겨진다.

　이 책에 실린 글들이 쓰인 당시에는 여성의 글이 발표되는 경우가 드물었다. 이는 유색인종의 경우에도 마찬가지다. 그 가운데 몇몇 중요한 글을 이 책에 실었다. 타고르의 서한집인 《벵골의 모습》은 인도 시골 지역에서의 도보 여행 장면을 보여준다. 카밀 T. 던기가 편집한 《블랙 네이처: 4세기에 걸친 아프리카계 미국인들의 자연시》(2009)에서 그녀가 지적한 견해는 시사하는 바가 크다. 카밀은 흑인 작가가 실상 다양한 형태의 주제를 갖고 자연에 접근하지만, 종종 '정치적' 읽기에 갇히고 만다고 보았다. 이러한 견해의 정당성을 확보하기 위해 나는 당대의 흑인 글쓰기와 다른 관점에서 이 책에 수록된 글을 고르고자 했고, 먼저 《미국 노예, 프레더릭 더글러스의 삶 이야기》에 담긴 도보 여행을 선택했다. 이는 19세기의 인정받는 작가들이 표현했던 이상적인 도보 여행 모습과는 다른 차이를 보여주기 때문이다.

　　20세기 이후 작품들이 걷기에 관해 더 광범위한 경험을 담아낼 수도 있을 것이다. 하지만 이 책에 실린 작품들은 넓게 잡아 17세기 중엽부터 20세기 초반까지 영미 걷기 문학에 대한 근본적인 통찰을 보여줄 것이다. 모쪼록 즐겁게 읽어주길 바란다. 이 책이 독자들을 밖으로 불러내어 인간 존재의 토대가 되는 걷기에 대한 관심을 불러일으키고, 더불어 스스로가 살아 있다는 느낌도 심어줄 수 있기를 기대해본다. 그 정도면 이 책을 탐험할 만한 가치가 충분하지 않을까.

수지 크립스

**일러두기**
본문의 주는 모두 옮긴이가 독자의 이해를 돕기 위해 붙인 것입니다.

# 1장
# 걷기는 마음이 시키는 일

Henry David Thoreau
**헨리 데이비드 소로**

Jean-Jacques Rousseau
**장 자크 루소**

William Cowper
**윌리엄 쿠퍼**

John Burroughs
**존 버로스**

John Clare
**존 클레어**

William Wordsworth
**윌리엄 워즈워스**

Leslie Stephen
**레슬리 스티븐**

William Hazlitt
**윌리엄 해즐릿**

Virginia Woolf
**버지니아 울프**

*Henry David Thoreau*

# 헨리 데이비드 소로

*1817-1862*

미국의 철학자, 시인, 수필가. 매사추세츠주 콩코드에 있는 월든 호수 근처에서 태어났다. 자연의 중요성과 단순한 삶의 존엄이 지닌 가치에 대한 그의 믿음은 아주 깊고 심오했다. 그는 호숫가에 지은 오두막집에서 2년 동안 홀로 지냈던 생활을 묘사한 내용을 담은 걸작 《월든》(1854)을 비롯해 여러 권의 시집과 철학서, 자연사 책을 출간했다. 그의 글에는 자연과 거기서 벌어지는 일들에 대한 경탄이 잘 나타나 있다. 〈걷기〉는 소로의 강연을 산문으로 다듬은 것이다. 소로는 이 글에서 걷기를 통해 어떻게 문명으로부터 멀어지고 자연과 우리 본연의 자아를 진정으로 만날 수 있는지 설명하고 있다.

# 걷기

"내가 말하는 서부는 야생의 다른 이름이다. 그리고 내가 말하고자 하는 것은 야생 속에 세계가 보전된다는 것이다."
"나는 숲과 목초지와 곡물들이 성장하는 밤을 믿는다."

**헨리 데이비드 소로**

나는 자연을 위해서, 절대적인 자유와 야생을 위해서 한마디 하고자 한다. 그것은 단순히 문명의 자유나 문화와는 다른 이야기다. 내가 생각하는 인간은 사회 구성원이라기보다는 자연의 일부거나 자연 자체이다. 이런 식으로 지나치게 극단적인 말을 하려는 이유는 문명을 옹호하는 사람들이 이미 너무 많기 때문이다. 여러분도 모두 문명에 관심을 둘 것이다.

내가 만난 사람 중 걷기의 기술, 즉 산책의 기술을 이해하는 사람은 한두 명 정도밖에 없었다. 다시 말해 어슬렁거리는(sauntering) 재능이 있는 사람들 말이다. '어슬렁거리다'의 어원은 "중세 시대에 성지순례(à la Sainte Terre) 중인 척하면서 시골을 떠돌며 구걸하는 게으른 사람들"이다. 아이들은 이런 사람들을 보면 "저기 성지순례자(Sainte-Terrer)가 가네"라고 소리쳤고, 그래서 성지순례자, 즉 산책자(saunterer)라는 말이 생겼다. 성지순례 중인 척하는 사람들을 부랑자나 게으른 사람이라고들 하지만 이들이야말로 내가 말하는 진정한 산책자이다. 그러나 어떤 사람들은 산책자의 어원이 '땅 없는 사람(sans terre)', 즉 땅이나 집이 없는 사람이라고 말하기도 한다. 긍정적으로 해석하면 그 말은 특정한 집을 소유하고 있지 않지만, 세상 전부가 자기 집이라는 의미가 된다. 이것은 성공적인 산책의 이유이기도 하다. 늘 집에만 앉아 있는 사람도 심한 부랑자일 수 있으며, 구불구불 흐르는 강이 부랑자가 아니듯 산책자도 부랑자가 아니다. 그 강은 늘 바다로 가는 지름길을 부지런히 찾고 있다. 하지만 나는 첫 번째 어원을 선호하고 사실 그것이 가장 그럴싸한 어원이기도 하다. 왜냐하면 모든 산책은 우리 마음속의 은자 피에르*의 설교에 추동되어 이교도의 손에서 성지를 다시 탈환하기 위해 나아가는 일종의 십자군 전쟁이기 때문이다.

오늘날 우리가 나약한 십자군, 나약한 산책자에 불과하다는 것은 사실이다. 우리의 모험은 단지 유람일 뿐이다. 우리는 저녁이면 출발점인 익숙한 난롯가로 다시 돌아온다. 걷기의 반은 갔던 길을 되돌아오는 것이다. 우리는 결코 되돌아오지 않겠다는 정신, 즉 방부 처리된 심장을 황폐한 우리 왕국으로 돌려보내겠다는 영원히 타오르는 모험 정신으로 지름길을 직진해야만 한다. 다시는 부모, 형제자매, 아내, 자식, 친구를 보지 않겠다는 마음의 준비를 하고 빚을 청산하고 유언장을 작성하고 하던 일을 정리해 진정한 자유인이 되면, 그때야 비로소 걸을 준비가 된 것이다.

내 경험에 대해 말해보겠다. 나는 가끔 친구와 함께 걷기도 하는데, 나와 친구는 우리가 새 질서, 아니 오히려 오랜 질서를 수호하는 기사라고 생각한다. 우리는 말을 탄 기사가 아니라 훨씬 더 유서 깊은 명예로운 계급, 즉 산책자 계급에 속한다. 말을 탄 기사의 전유물이었던 기사

---

\*    11세기 프랑스의 수도자. 민중을 선동하여 십자군 전쟁을 촉발한 인물로 알려져 있다.

도나 영웅 정신은 산책자에게, 즉 기사에게가 아니라 방랑하는 산책자에게 계승된 것처럼 보인다. 산책자는 교회, 국가, 국민에 이은 제4계급에 속한다고 할 수 있다.

우리는 이 근방에서 우리만이 이 귀족적인 기술을 연마한다고 느껴왔다. 물론 마을 사람들 대다수가 가끔 산책을 한다고 주장하지만, 실제로 그들은 산책할 수가 없다. 아무리 돈이 많아도 산책에 꼭 필요한 여유, 자유, 독립은 돈으로 살 수가 없다. 그런데 이런 것들이야말로 산책에 가장 중요한 것이다. 산책자가 되려면 하늘에서 은총이 내려야 한다. 직접 하늘의 축복을 받아야 한다. 산책자 가문에서 태어나야 한다. 산책자는 만들어지는 것이 아니라 태어나는 것이다(Ambulator nascitur, non fit). 마을 사람 중 몇 명은 10여 년 전 30분 정도 우연히 숲에서 길을 잃고 헤맨 일을 기억하고 그 경험을 묘사할 수도 있다. 그러나 그들이 아무리 선민인 산책자 계급에 속한 척해보았자, 그 후에는 대로만 다닌 것을 잘 알고 있다. 그들이 숲사람이고 범법자이기까지 했던 과거를 기억해내고 순간적으로 고양되는 일은 분명히 있을 것이다.

즐거운 아침

그가 초록 숲에 왔을 때,

거기서 즐겁게 노래하는

새 소리를 들었네.


"마지막으로 여기 온 건

아주 오래전이었지"라고 로빈이 말했지.

"갈색 사슴을 사냥하기 위해

잠시 여기 머물겠다"라고 말했지.[*]


적어도 하루에 네 시간은 걸어야 육체적·정신적 건강을 유지할 수 있다. 나는 보통 그보다 더 오랜 시간을 세상사를 완전히 잊고 숲과 언덕과 들판을 헤맨다. 그럼 틀림없이 도대체 무슨 생각을 하느냐고 묻고 싶을 것이다. 가끔 오전뿐 아니라 오후 내내 다리를 꼬고 상점에 앉아 있는 기계공이나 상점 주인을 생각할 때면, 마치 발이 걷고 서기 위해 있는 게 아니라는 듯이 앉아 있는 것을 생

---

[*]  《로빈 후드 이야기》, 5절에서.

각하면, 그들이 오래전에 생을 포기하지 않은 것이 기특할 정도다.

가끔 열한 시간째 집에 있다가 낮이라기에는 너무 늦은 오후 4시쯤, 이미 햇빛과 밤의 어둠이 섞이기 시작하는 시간에 잠깐 산책에 나서기도 한다. 종일 집에 있다 좀이 쑤셔 견딜 수가 없어 산책에 나서는 그런 때는 죄를 짓고 참회하는 기분이다―고백하건대 나는 하루 종일, 일주일 내내, 한 달 내내, 거의 1년 내내 상점이나 사무실에만 있는 이웃 사람들을 보면 그들의 정신적 무감각은 말할 것도 없고 인내심에 경탄을 금할 수 없다. 나는 그런 이웃들은 도대체 어떤 재질로 만들어진 사람인지 알 수가 없다. 그들은 오후 3시에도 새벽 3시인 것처럼 거기 앉아 있다. 보나파르트라면 새벽 3시의 용기에 대해 말할 수 있을 것이다.[*] 하지만 그들은 아군 수비대가 밖에서 굶주리고 있어도 오전 내내 그리고 오후 3시까지 즐겁게 실내에 버티고 앉아 있는데 그것은 용기와 무관하다. 이 시간쯤, 조간신문을 읽기에는 너무 늦고 석간신문을 읽기에는 너무 이

[*] 　정확히는 '새벽 2시의 용기'다. 나폴레옹은 새벽 2시에 깨워도 힘이 넘치는 용사를 칭찬했다고 한다. 소로는 여러 차례 이 일화를 인용했다.

른 오후 서너 시쯤, 길거리 전체가 폭발해서 낡아빠진 친숙한 개념과 변덕이 사방으로 흩어지는 일이 일어나지 않나 생각해본다.

　남자들보다 더 오래 집에 갇혀 있는 여자들은 어떻게 견디는지 모르겠다. 하지만 여자들도 그런 상태를 견딜 수 없을 것이라고 의심할 만한 이유가 있다. 어느 여름날 이른 오후 우리는 옷자락에서 마을 먼지를 털어내고 도리아식 혹은 고딕식으로 전면 장식이 된 집 앞을 서둘러 지나가고 있었다. 그때 휴식의 분위기를 풍기는 그 집에 대해 내 친구가 모두 자고 있는 것 같다고 속삭였다. 나는 그 말을 듣고 나서야 결코 잠들지 않고 꼿꼿하게 서서 잠든 사람들을 영원히 경호하고 있는 집이 얼마나 아름답고 영광스러운 것인지 깨달았다.

　물론 기질 혹은 무엇보다 나이가 그런 상태와 밀접한 관계가 있다. 나이가 들면 가만히 앉아 있거나 실내 활동하는 시간이 길어진다. 인생의 저녁에 다가가면 갈수록 점점 더 야행성이 되어, 해 질 무렵이 되어서야 비로소 밖에 나와서 반 시간쯤 걷는다.

　내가 말하는 걷기는 운동과는 다르다. 정해진 시간

에 약을 먹듯 아령이나 의자를 들고 운동하는 것과는 다르다. 운동을 하고 싶다면 생명의 샘을 찾아 나서라. 그대가 가본 적 없는 먼 초원에서 생명의 숲이 솟아나고 있는데, 고작 건강 타령을 하면서 아령 운동이나 하다니! 무엇보다 낙타처럼 걸어야만 한다. 낙타는 걸으면서 사색하는 유일한 짐승이라고 한다. 한 여행자가 워즈워스의 하녀에게 주인의 서재가 어디냐고 묻자, 하녀는 "도서관은 여기지만, 주인님의 서재는 야외예요"라고 대답했다는 일화도 있다.

야외에서 햇빛과 바람을 맞으며 살면 물론 성격도 거칠어질 것이다. 손이나 얼굴에 각질이 생기는 것처럼, 더 섬세한 우리 본성 위에도 더 두꺼운 각질이 생길 것이다. 심한 육체노동을 하면 손의 예민한 감각이 사라지는 것과 마찬가지로 우리의 본성도 둔감해질 것이다. 반면 집에만 머물면 피부가 얇아지는 것은 말할 것도 없고 더 부드럽고 매끈해질 것이며 외부 영향에 더 민감하게 반응하게 될 것이다. 아마도 햇빛이 덜 비치고 바람이 덜 부는 곳에 있으면 지적·도덕적 성장에 있어 외부 영향에 더 민감하게 반응할 것이다. 물론 두꺼운 피부와 얇은 피부가 적절한 비율로 섞이면 좋다. 하지만 내 생각으로는 표피는 빠르게 떨어져 나가고, 밤이 낮으로, 여름이 겨울로, 경험이 사유로 변하듯이 표피가 떨어져 나간 자리는 자연 치유될 것이다. 진정한 사색을 위해서는 훨씬 더 많은 공기와 햇살이 필요하다. 노동자의 무감각한 손바닥에 더 섬세한 자존심과 영웅심이 새겨져 있다. 나태한 게으름뱅이의 손보다 노동자의 손을 만질 때 가슴이 뛴다. 피부가 햇살에 그을리고 무감각해지는 경험을 해보지 않고 대낮에 드러누워서 하얀 피부만 생각하는 것은 감상적인 태도이다.

걸을 때 우리는 자연스럽게 들판이나 숲으로 간다. 정원이나 상가만 걷는다면 뭐가 되겠는가? 어떤 철학 학파는 숲으로 가지 않는 대신 숲을 자신들 쪽으로 끌어와야 할 필요성까지 느꼈다. 그들은 플라타너스를 심어 가로수길을 만들고, 야외 회랑에서 산책을 했다. 물론 숲으로 가서도 멍하니 발길만 옮기는 것은 소용이 없다. 나 역시 어쩌다가 정신은 따라오지 않은 상태에서 몸뚱이만 가지고 숲을 1마일(약 1.6킬로미터) 정도 걷는 일이 생기면 깜짝 놀란다. 오후에 산책할 때면 오전의 일이나 사회적 의무를 기꺼이 잊어버리지만 가끔 마을 일을 쉽게 떨쳐버리지 못하는 경우도 있다. 어떤 일이 뇌리를 사로잡아서 주변에 집중하지 못한다. 주변을 보지도 듣지도 않는 것이다. 그렇게 산책을 하다 보면 이내 다시 주변을 보고 듣는다. 숲 밖의 일에 몰두할 거라면 굳이 숲에 올 이유가 있겠는가?

*Jean-Jacques Rousseau*

# 장 자크 루소

*1712-1778*

스위스 출신의 프랑스 철학자, 소설가, 교육학자, 음악가. 유럽 계몽시대를 대표하는 사상가로 그의 글은 민주주의의 이념적 토대가 되었고 프랑스 혁명에 영향을 끼쳤다. 또한 그가 영향을 준 일군의 시인들로 인해 종종 낭만주의의 아버지로 불리기도 한다. 《예술과 과학에 대한 담론》(1750)에서 처음 밝혔듯이, 그의 주된 생각은 문명 발전이 인성과 도덕심을 파괴하는 결과를 낳았다는 것이다. 그는 '진보'가 인간을 자연 상태(l'état de nature)에서 멀어지게 했고, 인류를 이기적으로 타락시켰다고 보았다. 사후에 출간된 《고백록》(1782)은 자서전이라는 장르의 시작을 알린 작품으로 평가된다. 이 글에서 루소는 젊은 시절 걷기의 경험을 이야기하며, 그때가 가장 살아 있다고 느낀 시기였다고 밝힌다.

# 고백록

도보 여행을 기록해두지 않은 게 가장 후회스럽다. 몇 몇 흥미롭고도 사소한 일들이 내 기억에서 지워졌기 때문이다. 혼자 걸어서 여행할 때처럼 그렇게 내가 완전히 살아 있다는 느낌을 받은 적이 없었고, 감히 표현하자면 그렇게 완전한 삶을 영위한 적도, 그렇게 철저하게 나 자신이 되어본 적도 없었다. 걷기는 나에게 생기를 불어넣어주었고 정신을 깨워주었다. 아무런 움직임이 없다면 나는 생각조차 할 수가 없다. 내 이성이 발동하려면 내 몸도 움직여야 한다. 걷다 보면, 멋진 시골 풍경과 연이어 눈에 들어오는 상쾌한 모습과 자유로운 분위기를 만끽하게 되고, 입맛도 살고 건강도 챙길 수 있게 된다. 숙소에서 자유롭게 지낼 수 있고, 내가 묶여 있는 것들을 떠올리는 모든 것에서 떨어져 있다는 점이 내 영혼을 자유롭게 해주며 대담한 사고도 가능케 해준다. 아무런 두려움 없이 나를 거대한 존재 속으로 밀어 넣고는 내 상상에 맞게 존재의 모든 것을 고르고 묶고 내 마음대로 활용하게 된다. 내 마음 가는 대로 자연을 처리하면서 내 마음은 만나는 대상에 따라 움직인다. 내 마음을 즐겁게 해주는 것들을 따라 해보기도 하고 같이 하나가 돼보기도 한다. 매혹적인 이미지에 둘러싸인 내 마음은 달콤한 감각에 취하게 된다. 이러한 감흥을 영원히 남기려고, 어떤 색을 입혀 어떻게 그려볼까 생각하며 즐거워한다! 삶의 뒤안길에서 쓴 글에도 이러한 면이 드러난다고 한다. 아! 젊은 시절의 도보 여행 모습을 볼 수만 있다면. 머릿속에 그릴 수는 있으나 기록은 없는 그 당시의 도보 여행! 왜 기록하지 않았느냐고 누군가 물으면, 그런데 왜 기록해야 하는 거지? 하고 대답할 것이다. 내가 즐겼던 것을 남들에게 알려주려고 그 매력을 잃어버릴 필요가 있을까? 실제로 도보 여행을 하는 데 있어 내게 독자나 대중들 혹은 세상 사람들이 다 무어란 말인가? 게다가 당시 내게 펜이나 종이, 잉크가 있기는 했나? 내가 만약 이런 것들을 다 갖고 있었다면 아마도 간직하고픈 생각이 아예 떠오르지 않았을 것이다. 게다가 어떤 생각이 떠오를지 예견할 수도 없다. 생각이란 내가 부른다고 오는 게 아니고 불현듯 떠오를 때 올 뿐이다. 나를 피해버리든가 아니면 떼로 몰려와 물량과 수량으로 나를 압도해버릴 때도 있다. 하루에 열 권을 기록한다고 해도 내 생각을 정리하지 못할 수도 있는데, 어떻게 내 생각을 기록할 시간을 낼 수 있단 말인가? 걷다가 멈추면 떠오르는 것은 그저 맛있는 저녁 식사 정도이고, 다시 출발하면 매혹적인 산책길만 떠오른다. 문 앞에 새로운 낙원이 기다린다는 것만을 느끼며, 어서 즐기고픈 마음으로 앞으로 나아가는 것이다.

*William Cowper*

# 윌리엄 쿠퍼

*1731–1800*

영국의 시인, 성가 작곡가. 당대 손꼽히는 유명한 시인이었으며, 영국 시골의 일상과 풍경을 생생하고 독창적으로 묘사하면서 18세기 자연시의 흐름을 이끌었다. 노예제 폐지를 위한 다수의 시를 쓰기도 했다. 대표 저서인 장시집 《과제》(1785)에 실린 여섯 편의 시 가운데 마지막 작품인 〈정오의 겨울 산책〉은 산책을 통해 명상에 이른다는 메시지가 담겨 있다. 이 시는 시골 풍경을 눈으로 보고 귀로 들으며 떠오르는 감정에 자연스레 빠져드는 즐거움을 묘사한다. 핵심을 찌르는 쿠퍼의 표현대로, 산책은 '뜨거운 가슴이 차가운 머리에게 진정 유용한 가르침을 주는' 시간이다.

# 정오의 겨울 산책

가장 썰렁한 겨울밤 그리고

살을 에는 듯한 청명한 아침. 오후가 되자

경사진 언덕 남쪽으로 자란 숲들이

불어오는 북풍을 막아주면서 맹위를 떨치던 추위

도 사라지고

햇살이 웃어대는 오월의 따스함이 살아난다.

구름 한 점 없이 푸른 하늘,

그리고 저 아래로 눈부실 정도로 얼룩 한 점 없는

흰 계곡.

계곡 너머로 다시 들려오는 노랫소리

나무들 사이로 보이는 흥벽 첨탑에서 흘러나오고,

바람에 실려 오는 그 노래에 다시금 위로받는다.

참나무와 느릅나무 아래로 여전히 푸르른 산책길

을 따라 걷다가,

고요한 명상에 잠긴다. 숲속 빈터로 뻗은 가지들은 하늘을 덮고,

바람이 불면 움직이지만, 지붕 역할로 충분하다.

종종 떨어지는 눈송이를 막아주며 길을 터준다.

적막강산, 내 사색을 방해하는 건 없다.

붉은색 지빠귀는 가냘픈 곡조로 조심스럽게 울어댄다.

저 홀로 만족하며 이 가지 저 가지로 날아다니는 새는,

가지 위에 앉을 때마다 매달려 있는 얼음을 떨어뜨리고,

바닥 낙엽 위로 떨어질 때 딸각 소리가 난다.

가냘픈 곡조와 함께하는 적막감은 고요함 이상으로 나를 유혹한다.

명상 속의 오랜 시간은 찰나의 순간이기도 하다.

가슴은 머리에게 진정 유용한 가르침을 줄 것이고,

책 한 권 없지만 나는 더 명민해진다.

*

아무런 방해도 없이, 태양이 어느 위치에 있든

나는 숲속을 거닌다. 안개, 얼어붙은 하늘, 폭염도

날 막지 못하고,

그 누구도 내 즐거움에 끼어들지 않는다.

외출 드문 마을 사람들이 장난치는 아이들을 데리고

밖으로 불러내는 봄이 돌아와,

노란 들판에서 나물을 캐고,

데이지꽃으로 머리를 장식하고, 냇가에서 야채를

뜯곤 하는

한 해 중 가장 놀기 편한 계절에도

그늘진 이곳은 온전히 내 공간이다.

겁 많은 산토끼조차 여기를 자주 오가는 손님과

친해져

아무런 두려움도 없고 날 피하지도 않는다.

소나무 가지에 앉아 있는 분홍가슴비둘기도

내가 가까이 가도 끝없이 사랑 노래를 불러댄다.

세월 때문인지 상처 때문인지 깊게 파인

느릅나무 구멍 속 피신처에서 불려 나온 다람쥐는

깃털과 나뭇잎으로 엮은 둥지 속에서

겨울을 나고는, 잠시 뛰어놀다가 따스한 햇볕을 쬔다.

날쌔고 활달한 다람쥐는 장난을 치다가 나를 보고는

어느새 새처럼 재빨리 옆의 너도밤나무로 오른다.

꼬리를 털며 귀를 쫑긋 세우더니

놀란 척, 매우 화난 척 발을 구르며 크게 울어댄다.


삶을 즐기는 동물을 보고 즐거워할 줄 모르고

행복한 짐승들 모습이

나의 행복감을 높이는 것을 알지 못하는 자는

공감 능력이 없기에 사랑과 우정에도 무감각하고

타고난 차가운 가슴으로 친구와도 어울리지 못한다.

아무도 쫓는 이 없지만, 그저 즐겁고 기쁨에 겨워

숲속 빈터를 가로질러 달리는 새끼 사슴.

제멋대로 쏜살같이 넓은 초원을 냅다 내달리다가

멈춰 헐떡대며 발을 쳐드는 말은

이내 다시 뛸 준비를 한다.

한낮에 뛰어다니는 암소,

한 마리가 정오에 춤을 시작하면

모두가 즐거운 호출에 응해 춤추기 시작한다.

엉뚱하고 이상하고 괴상하기까지 하지만

모두 한마음으로 누를 수 없는 희열감을 울음과
몸짓으로 보여준다.

친절한 자연은 수천 가지 환희의 장면마다 축복을
내려준다.

이러한 자연의 기획을 잔인한 인간이 어찌 감히 꺾
을 수 있나.

환희의 장면들은 즐거움을 만끽하길 원하는 자비
심 충만한 자들에게는

그 무엇보다도 더 귀한 행복감과

그에 합당한 기쁨으로 안락함을 선사한다.

*John Burroughs*

# 존 버로스

*1837–1921*

미국의 자연주의자, 수필가, 철학자. 선구적인 자연보호 실천가이
며, 헨리 데이비드 소로 이후 가장 중요한 자연주의 작가로 평가받
는다. 뉴욕 델라웨어 카운티의 시골 농장에서 성장하면서 어린 시
절을 자연과 함께 보냈다. 작가로서 명성을 얻은 뒤 그는 산기슭에
작은 오두막을 짓고 그곳에서 주변 동식물과 일상적인 풍경을 관
찰하며 깊이 있는 성찰을 기록했다. 그의 정신을 이어받아 설립된
존 버로스 협회는 해마다 자연사에서 두각을 나타낸 작가를 선정
해 '존 버로스상'을 수여한다. 〈길가의 환희〉(1873)에서 그는 우리
인간이 진정 속해 있는 전원 속으로 돌아가려면 이따금 현대적인
삶에서 빠져나올 필요가 있다고 기록했다. 그는 발로 걷는 보행자
는 "단지 자연의 파노라마를 즐기는 구경꾼이 아니라 그 안에 참여
하는 자"라고 말한다.

# 길가의 환희

"나는 마음 가볍게 열린 길로 가리라."

**월트 휘트먼**

보도 위를 걷다 보면 굽 높은 신을 신고 잰걸음으로 움직이는 사람들 사이로, 맨발로 보도 위를 걷는 사람들의 모습이 이따금 눈에 들어올 때가 있다. 벌어진 발가락과 납작한 발바닥, 불거진 뒤꿈치로 구불구불한 길바닥을 마치 움켜잡듯 밟기도 하고 울퉁불퉁할 때는 그에 걸맞게 발바닥을 맞추기도 한다. 마치 살아 있는 듯 감각이 꿈틀대는 발바닥은 닿거나 지나치는 모든 것 하나하나를 다 알고 있는 듯하다. 하지만 맨발로 걷는다는 것은 사람들의 행렬 속에서 얼마나 원시적이고 미개한 듯 보이는가! 마치 거실에 야만인이 맨발로 서 있는 것처럼 보이지 않는가. 사람들은 자신들의 해부학적 신체 구조가 너무 낯설어진 나머지 꾸미지 않은 단순한 신체를 대하면 일종의 혐오감을 느낄 정도가 되었다. 그러나 이 얼마나 아름다운 모습인가. 때 묻어 거무튀튀하고 더럽다고 해도 멋지지 않은가! 온통 동물 가죽으로 싸인 가운데 고고하게 살아 움직이며, 옴짝달싹 못 하는데 홀로 꿈틀대며, 다들 새장에 갇혀 지내는데 혼자 날아다니는 듯하고, 폐병에 걸려 모두들 숨조차 쉬기 힘들 때 홀로 건장한 모습으로 휘젓고 다니는 것 같지 않은가! 맨발은 나의 표상이며, 모든 걷는 자들을 대변하는 표상이다. 신체 중에 어떤 방해도 받지 않고 힘차게 움직이는 발은 땅과 대기와 직접 맞닿고 교류할 수 있는 걷기의 기본 원칙을 지키는 사람들을 대변해주는 전형적인 모습이라 할 것이다. 자기 능력을 드러내고, 유연한 생각과 단련된 몸, 그리고 가벼운 마음으로 자신의 영혼을 활짝 펼치는 사람들 말이다. 이와 달리, 순록 가죽이나 산양 가죽 안에 갇혀 평생 일그러진 삶을 영유하는 자들은 차에 의지하거나 집 안의 쿠션에 의지해 살아가는 불행한 운명에 처한 사람들이다.

그렇다고 내가 신발이나 구두를 신지 말고 더욱 편해진 이동 수단도 포기하라는 건 아니다. 나는 다만 걷는 모든 이들을 대변하면서 이들 편에서 걷기의 즐거움을 내세우고자 할 뿐이다. 어두운 기운이 사람들을 홀려 호시탐탐 무언가 잡아타게 만들려고 한다면, 밝은 기운들은 맨발로 걷는 자와 동행하며 이들을 돕는다는 사실을 보여주려는 것이다.

다소 쌀쌀해진 가을날이나 일이 인치 정도 눈이 쌓인 날, 우리는 반 마일에서 1마일도 안 되는 거리를 걸어가기보다는, 승객들로 가득 찬 전차에 올라타 여자와 아이들을 밀어제치면서 서로의 발등을 밟고 숨 냄새를 뒤섞어가는 와중에도 손잡이를 꼭 붙들고 혹 다치기라도 할까 봐 필사적으로 승강구에 매달려 있는 사람들을 보게 된다. 건장한 남성들이 이런 불편함을 감수하며 차를 타는 모습을 보고 있자면, 아무리 하찮은 사람이라도 길을 걷기만 한다면 그것이 진정 귀한 특권을 누리는 일이라고 여길 충분한 이유가 있다는 생각이 든다. 우리에게 원초적으로 주어진 걷기라는 특권을 저버리거나 무시하며 살다 보면, 걷는 산책길 자체가 아예 없어지게 되고 흙에 대한 감촉도 멀리하게 된다. 결국, 인간 모두가 대지의 공동 소유자라는 사실을 망각하고는 오히려 그 위를 걷는 행위를 마치 남의 땅에 무단 침입하는 것으로 여기는 것이다.

존 버로스

이들은 고속도로나 찻길밖에 모르며 계단이나 인도, 육교 자체를 잊은 채 살게 된다. 이러다 보면 걷는 사람들은 공용 도로를 걷는 보행자의 권리조차 묵살당한 채, 도랑이나 뚝방길 말고는 탈출구가 없는 상황으로 내몰리게 된다. 솔직히 말해 이는 인간이 더 심한 타락 상태로 떨어지는 것과 다름없는 것이다.

셰익스피어는 걷는 사람들을 즐거운 마음의 소유자라고 추켜세우기도 했다.

걷자, 걷자 오솔길을 따라,
즐겁게 둑을 넘어가자.
즐거운 마음은 온종일 걷지만,
무거운 마음은 10리도 멀구나.[*]

인간의 몸은 마치 경주마와 같아, 가벼운 사람을 태우면 멀리 자유롭게 갈 수 있다. 그리고 가장 가벼운 사람은 즐거운 마음을 가진 사람이다. 울적한 마음에 뾰로통

[*]   《겨울 이야기》, 4막 3장에서.

해져 있거나 비통한 마음에 뭔가에 정신이 팔려 있는 사람은 그 무게가 안장에 고스란히 전달돼 불쌍한 경주마가 1마일도 못 가 주저앉게 된다. 세상에 이런 울적한 마음보다 무거운 건 없기 때문이다. 그다음으로 걷는 사람을 무겁게 만드는 것은 몸과 마음이 완벽하게 잘 어울리지도 않고 제대로 일치하지도 않을 경우인데, 이는 무언가 주저하면서 억지로 할 경우이다. 경주마와 기수는 같은 곳을 향해 나아갈 마음이 있어야 하고, 기수는 길을 이끌면서 자신의 즐거운 기분과 열정을 말에게 쏟아부어야 한다. 미국에서 걷기라는 숭고한 예술이 쇠퇴하고 있는 것도 바로 이러한 이유 때문이고 이것이 우리가 당면한 가장 큰 문젯거리다. 미국인들은 모두 걷기를 꺼린다. 걷기를 즐기고픈 단순하고 순진한 마음이 없고, 걷기를 즐길 만한 상황을 허락해주는 그런 은혜로운 마음가짐에서 벗어나 있는 것이다. 그렇다고 지금 사람들이 우리의 선조들을 특징짓던 넘쳐나는 동물적인 기운과 활동성—건강한 몸에 어울리는 건강한 정신, 즉 완벽한 조화로운 삶에서 비롯되었던—을 다 잃어버린 채 마음도 예전보다 더 무거워지고 기운도 더 우울해졌다고 할 수는 없다. 즐거운 마음가짐으로 대지를 걷는 달콤함을 맛보려면, 주변에 있는 일상적인 것에 정성을 쏟아야 하며 항상 돌아오는 소박한 보상에 만족해야 한다. 이런 절제된 삶이 주는 즐거움을 누릴 능력, 바로 이것이 미국인들이 배워야 할 교훈이다. 미국인들은 즉시 보상을 선호하고, 그것도 엄청나게 돌아오길 기대하며, 높은 이자로 돈이 들어오는 걸 기본으로 여기기에 너무 느리고 돈도 안 되는 걷기는 투자와는 무관한 것으로 본다. 우리는 뭔가 대단하고 자극적이며 저 멀리 있는 것을 추구하기에, 흔하게 눈으로 보이는 신의 축복을 알지 못한다. 이는 우리의 신앙심, 그리고 인간의 순수성이 타락했다는 것을 말해준다.

"저와 함께 가봐요. 보시면 놀랄 만한 게 많답니다." 내 이웃에게 이렇게 말하면, 그는 귀를 쫑긋 세우고 즉시 따라나선다. 하지만 태양이 작열하는 언덕길이나 달빛, 또는 별빛 아래 시골길로 그를 인도하며, "이 경이로운 모습을 보세요. 이게 신의 영역이지요. 우리가 샛별을 밟고 간답니다"라고 하면, 그는 내가 그를 골리기 위해 속이고 장난을 치는 줄 안다. 하지만 바로 이런 열정과 호언장담이 바로 걷기의 장인임을 보여주는 표시가 아니겠는가.

울적해 보인다고 할 수는 없지만, 미국인들은 걱정에 찌들고 조급해하고 내일에 대한 기대감에 오늘을 담보 삼아 불만스러운 삶을 영위하고 있다. 걷기는 이런 삶에 내리는 처방이다. 약을 짓는 것과 같은 기대감과 목적을 주기 때문이다. 사람들은 피로감이 쌓일수록 약이 더 필요하다는 것을 안다.

봄날 즐거운 마음으로 언덕 너머로 산책하기. 추운 겨울 날씨에 밖으로 나가보기. 발이 땅에 닿을 때마다 마치 불이 이는 것 같고, 순수하고 신선한 공기를 들이마시며 걸을수록 힘과 기쁨이 넘쳐나는 듯하고, 길가나 들판, 숲속 풍경들이 세상의 그 어떤 예술품이나 그림보다 내 마음을 더 즐겁게 해주는—단지 육체적 힘을 좀 발휘해 10마일에서 12마일 정도 계속 걷는 정도일 뿐인데—그런 새로운 공간으로 가보기. 이런 희열감이나 탁 트인 길을 걸을 때 느끼는 즐거움에 대해 미국인들은 거의 모르고 지낸다.

놀랍게도 미국의 어느 유명한 휴양지를 가더라도 걷는 사람이 보이질 않는다. 건강을 갈구하거나 시골 공기를 마셔보겠다고 나서는 그 많은 사람도 들판이나 숲속을 찾지 않는다. 신발에 먼지를 묻히고 햇볕에 얼굴과 손이 그슬리면서 시골길을 걷고자 하는 이도 없다. 유일한 즐거움은 멋진 옷을 걸치고 호텔 주위에 죽치고 앉아 맛있는 것을 먹으면서 서로 노려보는 것뿐이다. 남자들은 지루해하고 여자들은 지쳐 보인다. "신이시여! 체면을 지키면서 행복하게 보내려면 어찌해야 합니까?" 모두들 탄식하는 듯 보인다. 대서양 건너 우리 사촌들은 미국인들과는 전혀 딴판이다. 영국인들은 햇볕에 타는 걸 개의치 않고 체면도 돌보지 않은 채로 휴양지에서 야외 산책이나 식사를 하고, 배를 탄다거나 등산을 하며 가볍게 걷기도 한다.

정말로 놀랄 만한 일은 영국인들은 진정 기쁘고 편안한 마음으로 산책을 즐긴다는 사실이다. 미국인이 볼 때 정신 나간 짓처럼 보일지도 모른다. 찰스 디킨스가 미국을 방문했을 때, 그와 함께 산책하는 것을 영광으로 여길 미국 사람은 아마 많지 않았을 것이라고 나는 생각한다. 어느 미국인이 쓴 영국 도보 여행기에서 나는 이런 글을 읽은 적이 있다. "아침 식사를 마친 조합교파 목사는 우리와 함께 마을 밖 시골길을 6마일 이상 걸었다. 어린애 셋이 함께 걸었는데, 그중 한 애는 여섯 살배기였다. 아이는 가는 내내 걷고 뛰었다. 아침 산책으로 늘 15마일씩 걸었던 모양으로, 이런 건 아무것도 아니라는 식이었다. 헤어질 때도 처음 출발할 때처럼 생생한 모습이었는데, 돌아가는 게 무척 싫은 표정이었다."

내가 또 우려하는 것은 미국인들의 발 크기가 점차 작아지면서 남자답게 걷지 못한다는 점이다. 자기 몸에서도 특히 발을 소중히 여기고 가꾸다 보니, 아담한 발 모양이 자신의 품위와 교양을 나타낸다고 생각하는 게 분명하다. 이제 모든 미국인이 고급 구두나 부츠와 어울리게 잘 관리한 자그마한 발을 부러워한다. 미국인들은 외국인의 큼지막한 발을 쳐다보며, 구두 가죽 값이 얼마나 들겠나 걱정하고 저런 천박한 모습이 판치는 나라에는 대체 고상한 족속이 있기는 한가, 하며 의아해한다. 만약 영국 여왕이나 왕자의 구두를 만드는 비밀스러운 일을 우리가 하게 된다면, 나는 분명히 발에 대한 모두의 견해가 완전히 바뀌게 될 거라고 본다. 왜냐하면 진정 관대하고 위엄 있는 여왕의 성품은 손발의 크기로 방해받을 수 없는 데다가, 작은 발로는 결코 위대한 성품을 지탱할 수 없음을 깨닫게 될 것이기 때문이다.

*John Clare*

# 존 클레어

*1793–1864*

영국의 시인. 주로 시골 생활을 묘사하고 자연을 찬미하는 시를 썼
던 노동자 출신의 낭만주의 시인이다. 그의 시에서 걷기는 무언가
에 관심을 쏟는 일과 결부되어 있다. 들판에서 오래 일해온 사람이
시골 풍경을 꼼꼼하게 알 수 있듯이, 그의 시는 전원생활에 대한
풍부하고 세심한 관찰로 가득 차 있다. 대중의 인정과 사랑을 받은
이후에도 존 클레어는 꾸준하게 농장 일에 종사했다. 이런 정서가
풍부하게 드러난 시 〈여름 분위기〉와 〈한적한 시간〉은 그의 시집인
《시골 시인》(1835)에 수록되어 있다. 이 두 시에서 우리는 달팽이의
모습이나, 뜸부기 우는 소리, 강물 찰랑대는 소리, 나뭇잎에 물방울
떨어지는 소리 등을 생생하게 느낄 수 있다.

# 여름 분위기

이슬 젖은 가시나무로 덮여 있는 좁은 길을 따라,

저녁 시간에 홀로 걷는 것을 나는 좋아한다.

긴 풀잎 아래로 새까만 달팽이가

기어 나와

더듬이를 내민다.

나는 새로 풀을 벤 초원에서 명상하길 좋아한다.

무더운 공기 중에 마른 풀 내음이 나기 때문이다.

거기엔 새로 핀 꽃들을 찾아 나섰다가 실패한 벌

들이

애처롭고 지친 소리를 내며 날아다닌다.

군침 도는 옥수수밭에서 메추리가 숨어서

"웨마이풋(wet my foot!)" 하고 울어대곤 몸을 감춘다.

눈에 띄지도 않는 요정 같은 뜸부기는

"크랙, 크랙" 하고 숨어서 울고 있다.

이슬 젖은 어두움에 쌓인 저녁은 반갑기만 하고,

빛은 주위 어두움 사이로 사라져간다.

# 한적한 시간

여유롭게 돌아다니다가, 오래된 다리 난간에 기대어
아래 흐르는 냇물을 바라보는 걸 좋아한다.
잔물결은 짙은 녹색 잡초 사이로 흐르며
흥겨운 여행객처럼 떠들어댄다.
햇살은 다리 아치 위에서 춤을 추고
즐겁게 흐르는 물살에 시간을 맞춘다.
강둑에는 떨어진 꽃들이 작열하는 태양 아래에서
물을 찾으며 애타게 말라 죽고 있다.
높은 물둑에서 첨벙대던 가축이 튀긴
흙탕물이 이파리에 떨어지자 무척 반가워한다.
수중화는 흥청망청 물을 즐기며,
자기 몫 이상으로 물을 받고 있다.
세상도 마찬가지, 어떤 이는 노력하지만 얻는 게

없고

어떤 이는 제멋대로 살아도 풍족하다.

*William Wordsworth*

# 윌리엄 워즈워스

*1770–1850*

영국의 시인. 낭만주의 시 운동의 선구자였고, 새뮤얼 테일러 콜리지와 함께 출간한 《서정 담시집》(1798)으로 영국 문학의 흐름을 바꾸었다고 평가받는다. 걷기를 아주 좋아했다. 그의 친구인 토머스 드 퀸시에 따르면 워즈워스는 일평생 28만 킬로미터를 걸었다고 한다. 워즈워스에게 걷기는 창작 활동의 일부였다. 그는 걸으면서 시를 창작하곤 했다. 따라서 종종 걷기 자체가 그의 작품 주제인 것은 놀랍지 않다. 이 책에 실린 두 편의 시에서 워즈워스는 걷기에 대해 폭넓게 묘사한다. 어떻게 걷기가 고결한 사유와 어린아이 같은 만족감을 줄 수 있는지, 그리고 어떻게 걷기로 정신적인 자극을 받고 육체적인 감각을 완벽하게 즐길 수 있게 하는지 보여준다.

# 구름처럼 외롭게 나는 헤맸네

골짜기와 언덕 위 높이 떠도는 구름처럼

외롭게 나는 헤맸네,

그때 갑자기 무리 지어 피어 있는

수많은 황금빛 수선화를 보았네.

호숫가 나무 아래서 산들바람에 하늘대며

수선화가 춤추고 있었네.


줄지어 은하수에

반짝이며 빛나는 별처럼

끝없이 호숫가를 따라

수선화가 늘어서 있었네.

고개를 까닥이며 신나게 춤추는

수만 송이 수선화가 한눈에 들어왔네.

그 옆에서 물결도 춤추었지만

반짝이는 물결보다 더 환희에 찬 수선화.

이런 유쾌한 친구와 함께하니

시인이라면 기쁠 수밖에 없으리.

나는 바라보고 또 바라보았지만 이 광경이

얼마나 큰 부를 선사할지 미처 생각지 못했네.


멍하게 혹은 생각에 잠겨

소파에 누워 있노라면

문득 마음의 눈에 그 광경이 보여

고독의 축복에 싸이네.

그러면 내 마음은 즐거움으로 가득 차

수선화와 함께 춤추네.

# 청년 시절 쓴 시

자연 전체가 멈추어 선 수레바퀴처럼 고요하다.

이슬 맺힌 풀 위에 소가 누워 있고,

가다 보니 희미한 말이 혼자 일어나

아직까지도 여물로 늦은 식사를 하고 있다.

대지는 어둡고 잠은 아무도 모르게

계곡과 산과 별 하나 없는 하늘을 덮는다.

지금, 만물이 텅 빈 이곳에서,

고향에서 느껴지는 고향만의 조화로움이

이 슬픔을 치유하는 듯하고

감각들은 여전히 슬픔거리를 제공하지만

기억이 잦아드는 바로 이 순간에는

약간 고통이 줄어든다.

친구여! 고통을 덜어주겠다고

부산스럽게 날 보살피지 마라.

오! 날 혼자 내버려두라.

날 다시 우울하게 만드는 지나친 배려를 거두어다오.

*Leslie Stephen*

# 레슬리 스티븐

*1832-1904*

영국의 작가, 비평가, 역사학자. 작가 버지니아 울프와 디자이너 버네사 벨의 아버지다. 아주 열성적인 등산가였던 그는 세계 최초의 산악회인 알파인 클럽의 회장직을 몇 년 동안 맡기도 했다. 걷기에 대한 그의 열정은 여기 실린 〈걷기 예찬〉(1898)에 확연하게 드러나 있다. 그는 걷기가 몸과 마음의 만남을 가능하게 해주며 지위에 관계없이 누구에게나 가능한 것이라고 했다. 또한 걷기의 경험 하나하나가 우리의 기억 속에서 장을 구분 짓는 일종의 지표 역할을 해준다고 말했다. 이 지표를 통해 특정 시간 특수한 장소에서 걷기를 행한 사람의 정서적·지적 상태를 담아낸다는 것인데, 이는 걷기의 기억이 인생이라는 긴 여행, 즉 "지상 순례"에서 군데군데 쉬었다 가는 정거장 역할을 해준다는 것이다.

# 걷기 예찬

늙어가면서 점점 병약해지는 건 사실이지만 그런대로 잘 살아온 인생을 되돌아보면서 위안을 얻는다는 어느 철학자의 말이 생각난다. 그렇게 삶을 뒤돌아볼 수 있다는 것이 분명 즐거운 일임은 틀림없다. 하지만 우리의 삶에서 스스로 위로할 수 있을 정도로 만족할 만한 내용은 무엇이었을까? 어떤 부분에서 잘 살아왔다는 것인가? 이런 질문에 대한 가장 손쉬운 답변은 내가 진정 즐겼던 순간을 찾는 것이다. 그리고 '순수한 마음'으로 즐겼다는 것만 덧붙이면 그만이다. "순수한 마음"으로 즐기지 않은 순간들도 있기에 민망하기는 하지만, 이 순간 내가 말하려 하는 것은 확실하게 순수한 즐거움에 관한 것이다.

쟁기질이나 낚시가 일종의 산업 활동이듯 걷기 역시 일종의 여가 활동이다. 원초적이고 단순한 여가 활동인 셈이다. 걸으면서 우리는 대지와 만나고 자연 그대로의 모습과 마주하게 된다. 어떤 정교한 도구나 여분의 자극도 필요 없기에, 시인이나 철학자에게도 걸맞은 활동이다. 하지만 걷기를 온전히 즐기려고 하는 사람은 소위 '명상을 관장하는 천사'를 기릴 만한 마음은 있어야 한다. 그리고 더욱 격렬한 육체적 여가 활동이 주는 인위적인 자극 없이도 자신만의 세계를 즐길 수 있어야 한다. 나 역시 머리를 쓰는 일을 하지만, 줄곧 탁월한 운동 능력을 찬양해왔던 사람이고, 일찍부터 강이나 크리켓 필드의 영웅들을 좋아했었다. 심신이 모두 튼튼해야 한다고 했던 '강건한 기독교(muscular Christianity)'가 처음 들어와 피조물은 신을 경외하면서도 수천 시간 동안 수천 마일을 걸을 수 있어야만 한다고 생각했던 시기에도 내 기억 속의 이 영웅들은 후광을 두른 모습으로 생생히 남아 있다. 나이 먹은 지금도 나는 한적한 차도에 활기를 불러오며 달리는 사이클 선수들이나 나이 지긋한 분들이 골프를 즐기며 젊음을 되살리는 모습을 아무런 사심 없이 즐기곤 한다. 역동적인 스포츠가 지닌 진정한 즐거움을 높게 사지만, 이따금 저속한 동기와 결부되어 변질된 스포츠를 보면 애석

한 마음이 든다. 걸으면서 '기록'을 내고 관중들의 갈채를 받고자 하는 전문 경보 선수도 있다고는 하나, 적어도 걷기의 장점은 그런 유혹에 빠질 염려 없이 즐길 수 있다는 점이다. 경이로운 경보 기록을 낸 불멸의 영웅 바클레이를 존경하기는 하지만 고차원적 지성에 적합한 감성보다는 허영심에 바탕을 둔 것이 아닌가 조심스럽게 생각해본다.

진정으로 걷기를 즐기는 사람은 그 자체가 즐거워서 걷는다. 그는 걷기가 요구하는 육체적 강인함에 대한 자기만족을 넘어 잘난 체하지 않는다. 다리의 근육 운동은 다만 걷기가 자극하는 '두뇌 운동'이나 걸으며 떠오르는 조용한 명상이나 상상에 따르는 부수적인 것으로 여기며, 꾸준하게 땅을 밟고 나아가면서 지적인 균형감을 유지한다. 사이클 선수나 골프 선수도 공을 때리거나 페달을 밟는 중간중간에 스스로와 이런 교감을 나눌 수 있다고는 하지만, 사람들이 진정으로 걷기를 즐기는 이유는 걷는 동안 마음이 흐트러지지 않고 자기도 모르게 한결같이 조용하게 사색에 빠질 수 있기 때문이다. 그러기에 사이클링이나 다른 여가 활동이 즐겁다고 해서 고전적인 걷기 여행을 유행에 뒤처진 것으로 여긴다면 이는 유감스러운 일이 아닐 수 없다.

　내 인생을 '잘 보낸' 순간을 떠올려보면 대수롭지 않다고 생각했던 사건이 중요하게 기억돼 있곤 한다. 기억이 차곡차곡 쌓여 있는 머릿속 앨범을 열어보니 예전에 걸었던 경험들이 가장 뚜렷하게 떠오른다. 더 중요하다고 여기던 장면들은 큰 그림으로 통합되면서 뚜렷한 모습보다는 하나의 덩어리로 떠오른다. 삶을 밝혀주었던 친구와의 우정에 대한 기억은 특정 사건으로 연이어 떠오르는 것이 아니라, 이제는 잊힌 수많은 기억과 겹쳐져 대체적인 인상으로 다가온다. 친구에 대한 기억은 나지만 그와 같이 나눈 구체적인 대화 내용은 선명하게 떠오르지 않는 것이다. 하지만 걷기에 대한 기억은 특정 시공간대와 연관해 장소 및 시간이 뚜렷하게 떠오른다. 무의식적으로 달력 모양으로 떠오르면서 연관된 다른 기억들도 줄줄이 떠오르게 된다. 돌이켜보면, 일련의 모습들이 하나씩 떠오르면서 걷기 속에 담겨 있는 나의 '지상 순례(earthly pilgrimage)'의 매 단계를 보여준다. 각각의 모습은 한때 익숙했던 장소를 떠오르게 하고 장소와 연관된 생각들은 다시금 당시 무엇을 하고 있었는지를 떠올리게 해준다. 뭐라고 끄적대며 힘들게 책을 써내던 기억은 뚜렷하게 떠오르는 것도 없고 어떤 경험이었는지도 잊어버렸다. 하지만 즐거웠던 산책에 대한 기억을 떠올리면 부수적으로 글을 쓰느라 고생했던 기억이 함께 떠오른다. 산책 덕분에 고생을 끝낼 수 있었기 때문이다. 글쓰기란 결국 이리저리 산책을 하다가 우연히 얻은 부산물이다. 나의 하루하루는 타고난 경건함으로(아니, 타고난 경건함만으로) 얽혀 있기보다 걷기에 대한 열망으로 얽혀 있다. 학창 시절 추억이 그러하듯이, 내 기억 역시 체벌받던 경험이나 삶의 지침이란 것을 심어주려는 윤리 선생님의 근엄하신 말씀에 집중돼 있다. 쓸쓸하게도 지금도 근엄하신 말씀 한두 개가 떠오른다. 또한 부당하게 매를 맞았던 기억은 생각만 해도 몸이 쑤신다. 하지만 나도 모르게 생각나는 것은 '굴레 밖의 공간'이던 산책길에 대한 기억이다. 라틴어 문법도 잊은 채, 물쥐가 출몰하는 연못이나 사람이 파놓은 함정과 스프링 총의 위협으로 더 모험적으로 보였던 들판에서 즐기던 기억 말이다. 사람들은 기계적 교육을 받고 움직이는 자동인형으로 크는 것이 아니라, 정제되지 않은 그런 투박한 방식을 따라 자신을 돌아보는 개별적 존재로 점차 성장하게 된다.

이런 신비의 세계로 처음 진입한 그날은 내 기억 속에 선명하게 새겨져 있다. 배낭을 메고 하이델베르크에서 오덴발트로 가는 길이었다. 그때 나는 도보 여행에서 만끽할 수 있는 혼자 떨어져 있다는 상쾌한 기분을 처음으로 느꼈다. 기차 시간표나 거추장스러운 장비 등에서 해방된 채, 발에 의지해 멈추고 싶을 때 멈추고 생각이 이끄는 대로 샛길로 빠지기도 하면서, 하룻밤 묵는 숙소마다 마주친 이런저런 독특하고 다양한 삶에 빠져들었다. 여행 작가이자 소설가인 찰스 보로가 런던의 출판사에서 느낀 속박감에서 벗어나 작은 골짜기에 터를 잡았을 때의 기분이 이러했을까. 체면 차릴 것도 없이, 기독교인이 어깨에 짊어진 무거운 짐을 내려놓듯 연미복 같은 의례적인 의상은 다 망각 속으로 집어 던진 기분이었다.

*William Hazlitt*

# 윌리엄 해즐릿

*1778-1830*

영국의 문학비평가, 수필가. 당대 최고의 미술평론가로도 알려져 있다. 워즈워스 등 낭만주의 시인들과 친분을 쌓으며 그들의 작품에 대한 비평을 남겼다. 고집불통인 성격으로 유명했지만 누구보다 열정적으로 문학을 논했으며, 《셰익스피어극의 인물들》(1817), 《영국시인론》(1818) 등의 뛰어난 평론, 《원탁》(1817), 《시대정신》(1825) 등에 수록된 수필로 명성을 얻었다. 〈홀로 가는 여행〉(1821)에서 그는 동반자 없이 혼자 걷는 것이 주는 기쁨에 관해 썼다. 로버트 루이스 스티븐슨은 자신의 수필 〈도보 여행〉에서 홀로 걷기의 풍요로움을 일깨워주는 이 글에 대한 소회를 다음과 같이 밝혔다. "이런 훌륭한 글을 읽지 않은 사람에게는 세금을 부과해야 한다."

# 홀로 가는 여행

여행을 떠나는 일은 세상에서 가장 즐거운 일 가운데 하나다. 그리고 나는 홀로 떠나는 것을 좋아한다. 집 안에 있을 때야 사람들과의 교제를 즐기겠지만, 밖에 있을 때는 자연이 내 동반자로서 충분하기에 그렇다. 그럴 때는 진정 혼자라 해도 전혀 외롭지 않다.

들판이 그의 서재이고 자연이 그의 책이다.[*]

나는 걸으면서 남과 말을 나누고 싶은 생각이 추호도 없다. 시골에서 지낼 때 나는 그저 아무 말 않고 무위도식하며 지내고 싶을 뿐이다. 줄지어 서 있는 울타리나 검은

---

[*]  영국 시인 로버트 블룸필드의 《농장소년》(1800) 중 〈봄〉에서.

소 떼를 보고 뭐라 하고 싶은 생각도 없으며 단지 도심지와 그 안의 모든 것을 훌훌 털어내고 싶은 마음뿐이다. 이런 목적으로 휴양지로 떠나는 이들도 있지만, 이들은 도심지 자체를 짊어진 채 거기로 이동할 뿐이다. 나는 자유로운 공간이 좋고 거추장스러운 것이 싫다. 혼자 있는 것을 좋아하며, 혼자 있는 것 자체를 즐기려고 혼자 떠나는 것이다.

쓸쓸함, 그건 너무 달콤하지, 내가 말을 걸며 중얼거릴 수 있는 친구이기도 하고.[*]

여행의 핵심은 자유로움이다. 자기가 원하는 대로 생각하고 느끼고 행동할 수 있는 완전한 자유. 무엇보다도 우리는 모든 장애물과 모든 거추장스러움에서 벗어나고자 여행을 떠난다. 남들을 다 잊고 스스로마저 버리고 떠나는 것이다. 그 이유는 아무런 이해관계가 없는 문제를 두고 명상에 빠져 지낼 수 있는 그런 공간을 원하기 때문

---

[*]    윌리엄 쿠퍼의 시 〈은퇴〉(1782)에서.

이다. 그런 공간에는 명상이라는 새가,

> 깃털을 다듬고는 날개를 펼친다.
> 이런저런 번잡스러운 휴양지에서
> 깃털이 다 헝클어지고 상처받았던 그 새가 말이다.[*]

　도심지에서 잠시 벗어나는 순간 나는 아무런 마음의 동요 없이 홀로 남게 된다. 이륜마차나 사륜마차에 올라 친구와 수다를 떨며 식상한 화제나 섞는 일에서 제발 벗어나보자. 청명한 푸른 하늘과 발밑 푸른 잔디, 그리고 식사 전까지 구불구불한 산책길을 걸으며 명상에 잠길 수 있지 않은가! 적막한 들녘에서 어찌 그냥 있을 수 있겠는가? 나는 웃고, 달리고, 펄쩍 뛰며 좋아서 노래 부른다. 저 멀리 흘러가는 구름을 보며 나는 과거 속으로 뛰어들어 놀아본다. 햇볕에 그을린 인디언이 자기를 고향으로 인도하는 파도 속으로 뛰어들듯 말이다. 그러면 마치 "난파선에 묻혀 있던 엄청난 보물"처럼, 오랫동안 잊고 있었던 것

[*]　　영국 시인, 극작가 존 밀턴의 가면극 《코머스》(1634)에서.

이 눈앞에 펼쳐지고 나는 모든 걸 느끼며 나 자신을 찾게 된다. 재치 있는 말이나 하찮은 화제로 깨지곤 하는 어색한 침묵이 아니라 누구의 방해도 받지 않는 고요한 침묵이자 나와의 완벽한 대화인 것이다. 말장난이나 두운법, 대구법이나 말싸움, 언어 분석 등을 나만큼 좋아하는 사람은 없을 것이다. 하지만 가끔은 이런 것 없이 있고 싶을 때가 있다. "제발, 나 좀 쉬게 해줘!" 남들에게는 한심해 보일지 몰라도 내게는 소중한 "내 마음속 이야기"가 있다고. 들판의 야생 장미가 향기롭다는 건 말로 안 해도 다 알고 있지 않은가? 이 데이지꽃이 내 가슴을 에메랄드빛으로 물들이지 않았던가? 이토록 소중한 정황들을 남에게 설명해봐야 결국 알 듯 모를 듯한 미소만 지을 게 뻔하지 않은가? 그러니 그저 나 홀로 품고, 저기 바위 있는 곳까지, 그리고 거기서부터 저 멀리 지평선까지 걸으며 혼자 생각에 잠기는 게 낫지 않겠나. 그러니 그동안 동반자 없이 나 홀로 있고 싶은 것이다. 마음이 울적해질 때 어떤 이들은 홀로 걷거나 차를 잡아타고는 자기만의 생각에 빠지고 싶다고 말하곤 한다. 하지만 자칫하면 예절도 모르고 곁에 있는 사람들을 무시하는 것이 될까 봐, 이내 다시 그들에게 돌아가야 한다고 생각하게 될 것이다. 하지만 나는 "그런 식의 반쪽짜리 동료애는 집어치워요"라고 말한다. 나는 온전히 혼자이거나 아니면 온전히 남들의 처분에 맡기는 그런 것이 좋다. 떠들어대거나 아니면 침묵하고 있거나, 일어나 걷거나 아니면 가만히 있거나, 남들과 어울리거나 아니면 혼자 있거나 하는 것이 좋다. 그런 점에서 나는 윌리엄 코빗*이 지적한 말이 맘에 든다. 그는 "식사하면서 술을 마시는 것은 좋지 않은 프랑스식 관습이며 영국인은 한 번에 하나만 해야 한다"고 했다. 그래서 나도 떠들면서 동시에 사색에 빠지질 못하고, 울적한 기분에 빠져 있다가 별안간 생기 있게 대화에 끼질 못한다. 로런스 스턴**은 이렇게 말했다. "해가 기울 때 그림자가 얼마나 길어질까를 언급하는 정도라면 나는 내 식으로 동반자와 함께 걷겠네." 멋진 말이다. 하지만 이렇게 계속 서로 견주다 보면 그것 역시 주위 모습에서 저절로 떠오르는 내 느낌을 방해하고 감정마저 다치게 한다. 자신이 느낀 점을 말없이 넌지시 손짓 발짓만으로 알려준다면 재미없는 일

* 　　18세기 영국의 정치가, 언론인.
** 　18세기 영국의 소설가, 성직자. 《트리스트럼 샌디》등을 출간했다.

이 될 테고, 다 설명하려 든다면 즐거운 일이 힘든 일로 바뀌고 말 것이다. 자연이라는 책은 남에게 그 의미를 풀어 설명해주어야 한다. 하지만, 여행에 관해서 나는 분석보다는 종합적으로 접근하는 편이다. 떠오르는 생각들은 그저 쌓아두면 되고, 그것을 돌아보고 분석하는 것은 나중 일이다. 어렴풋한 내 생각들을 가시 같은 껄끄러운 논쟁에 얽매이게 하기보다는 순풍에 떠돌아다니는 엉겅퀴처럼 그냥 놔두고 싶다. 그저 내 방식대로 하고 싶은 것이다. 이것은 홀로 있을 때만 가능하고 원치 않는 동반자와 있을 때는 불가능하다. 누군가와 함께 걸어가며 논쟁하는 것에 반대하지 않지만, 그리 즐거운 일은 아니다. 길을 걷다가 맡게 되는 콩밭 냄새를 옆의 동반자도 나처럼 똑같이 느끼는 것은 아니다. 마찬가지로 저 멀리 있는 것을 가리킨다고 해도 눈이 어두운 동반자는 안경 없이는 보지 못할 수 있다. 공기의 느낌, 구름의 색조에 물든 당신의 상상력이 있을 텐데, 어찌 그 감흥을 말로 설명할 수 있겠는가. 그러니 동반자와의 교감은 요원한 일이며 편치 않은 마음으로 그것을 좇다가 결국 기분만 상하게 될 것이다. 나는 내 자신과 결코 논쟁하는 법이 없고, 반대 의견이 있다고 해도 내가 내린 결론을 그러려니 하고 받아들인다. 이는 앞에 놓인 상황이 남들의 견해와 맞지 않아서가 아니라, 내가 받은 감흥이 연이어 다른 생각들을 떠올리면서 남에게 알려주기 힘든 미묘하고 섬세한 것으로 연결되기 때문이다. 하지만 나는 이런 것들을 소중히 여긴다. 사람들에게서 벗어나 있을 때, 나는 즐거운 마음으로 이런 감흥을 붙잡아둔다. 남들 앞에서 내 감흥을 드러내다 보면 지나치다거나 아니면 꾸며낸 것으로 보일 수 있다. 한편, 이런 수수께끼 같은 점들을 설명하려 하거나 남들도 같은 흥미를 갖게 이끄는 것은 아무나 할 수 있는 일도 아니다. 우리는 "이해만 할 뿐, 말로 설명하지는 못하기"[*] 때문이다.

---

*Virginia Woolf*

# 버지니아 울프

*1882–1941*

영국의 소설가, 수필가, 비평가. 20세기 영미 모더니즘 문학에서 중요한 작가로 평가받는다. 런던 사우스켄싱턴의 부유하고 예술적 감각이 풍부한 집안에서 태어났다. 울프의 어머니는 영국의 라파엘전파 화가들의 모델이었고, 아버지 레슬리 스티븐은 작가이자 역사학자였다. 울프는 집에서 가정교사에게 교육을 받았는데, 주로 영국 문학에 대해 배웠다. 그 후 런던 킹스 칼리지에서 고전과 역사를 공부하며 여성 인권 운동가들과 만나 교류했다. 1917년 남편인 레너드 울프와 함께 호가스 출판사를 공동으로 설립했고, 대부분의 작품을 거기서 출간했다. 규칙적으로 발표한 소설, 단편, 에세이 가운데 많은 작품이 특유의 혁신적인 스타일과 심오한 필력을 바탕으로 현대 문학의 고전이 됐다. 울프는 거의 매일 산책을 했고, 이를 바탕으로 많은 글을 썼다. 그중 〈밤 산책〉은 1905년 여름 사남매가 함께 잉글랜드 남부 세인트아이브스 근처 해안에 머물며 쓴 일기를 발전시킨 글이다.

# 밤 산책

소위 트레바일로 알려진 세인트아이브스 서쪽 해안의 습곡 지대를 찾는 여정에서 일행이 집으로 돌아갈 무렵 가을 황혼이 지고 있었다. 해 질 녘의 주위 경관은 아무런 말 없이 우리의 시선을 끌 정도로 뚜렷한 모습을 드러냈다. 어둠과 대서양의 파도를 마주하며 장엄한 모습의 해안 절벽이 줄지어 서 있었고, 이들은 마치 다시 한번 먼 옛날부터 내려오는 명령에 따라 수행하는 자신들의 고결한 임무를 알고 있다는 듯 보였다. 안개 사이로 저 멀리서 황금빛 등댓불이 번쩍이면서 거친 바위 형체들을 드러냈다. 늦은 저녁 시간이었지만 어스름한 가운데 걸어서 횡단해야 할 6, 7마일이나 되는 길이 겨우 시야에 들어올 정도였다. 우리는 주위 경관이 어두워 길에서 벗어나지 않으려 노력했다. 하지만 반 시간쯤 지나자 발아래 길 모습이 안개 속에서 꿈틀대기 시작했고 발걸음마다 땅바닥 위를 걷는지 확인하기 위해 머뭇거릴 정도가 되었다. 몇 미터 앞을 지나가던 사람 모습이 잠시 머뭇대더니 마치 어두운 밤물결 속으로 빠져버린 듯 이내 그 속으로 사라져버렸고, 목소리조차 저 멀리 바닥에서 다가오는 듯 들렸다. 신기한 것은 일행이 서로 근접해 걸으면서 즐거운 논쟁거리로 어둠을 물리치려 했지만, 서로의 목소리가 점차 낯설게 들렸다는 점이고, 가장 그럴싸하게 들리는 주장조차도 별반 주위의 반응을 끌어내지 못했고 얘깃거리가 어둠고 우울한 장소에 걸맞은 화제로 바뀌었다는 것이다.

침묵의 순간들이 자주 다가왔고 옆에 같이 걷던 사람조차 어둠 속으로 사라지는 것 같았다. 일행들은 사방에 어둠이 엄습하는 것을 느끼면서 점차 어둠을 받아들이며 각자 걸어가기 시작했고, 땅 위를 움직이는 몸뚱어리는 넋 나간 듯 떠다니는 영혼과 분리된 듯했다. 심지어 길조차 우리 뒤편으로 사라지게 되자 우리는 길의 흔적도 사라져버린 어둠의 밤바다를 몸으로 부딪치며 나아갔다. 목적지를 향해 나아간다는 이 표현을 대낮의 들판을 다시금 가로질러 나가야 하는 우리의 불확실한 행진에 써도 된다면 말이다. 땅이 분명히 바닥에 있는지 확인하기 위해서라도 이따금 바닥을 발로 디뎌보는 편이 바람직할 정도였다. 눈과 귀는 완전히 봉인된 상태였고 형체를 알 수 없는 무언가에 눌려서 아무런 감각 기능도 하지 못했다. 엄청난 노력 끝에야 저 아래로 불빛 몇 개가 겨우 눈에 들어올 정도였다. 하지만 낮에 보이던 것들을 지금 보고 있는 것인지, 아니면 한 대 맞았을 때 눈앞에 보이는 별처럼 상상 속의 광경인지도 알 수 없었다. 저 멀리 계곡의 아련한 어둠 속에서 마치 떠 있는 듯 보이는 불빛들이 분명 우리의 눈에 들어왔다. 눈으로 불빛을 확인하자, 머리가 깨어나 불빛이 자리할 세상의 모습을 그려냈다. 분명히 저 아래로 언덕이, 그 밑에는 마을이, 그리고 그곳으로 가는 길이 구불구불 나 있었다. 세상 모습을 그리는데 불빛 열두 개 정도면 충분한 셈이었다. 여정 가운데 가장 묘한 구간이 끝이 나자 이제 시야에 무언가 들어오면서 그 실물들이 눈앞에 펼쳐졌다. 이제 길도 눈에 들어오면서 편하게 앞으로 걸어가게 되었다. 낮 시간대 보았던 이들은 아니지만, 사람들의 모습도 눈에 띄었다. 별안간 우리 곁으로 불빛이 밝게 비치더니 점차 다가오는 마차 바퀴 소리가 들렸다. 마차 안의 한 남자 모습이 밝게 빛나더니 이내 불빛이 멀어지고 바퀴 소리도 사라져버렸다. 우리가 떠드는 소리 역시 그 남자에게 미치지 못했을 것이다. 마치 무대 장면이 눈앞에서 빠르게 지나가는 듯 우리는 어느새 한 농가에 도착했다. 걸려 있는 등불이 한곳에 모여 있는 가축 위로 이따금씩 불빛을 비추고 있었고 어둠 속에 있던 우리 일행의 모습도 드러내주었다. 우리에게 저녁 인사를 건넨 한 농부의 목소리가 마치 억센 손으로 우리의 손을 잡아 이끌어내듯, 다시금 우리를 세상 기슭으로 끌어냈다. 두 걸음 정도 내딛자 우리는 다시금 짙게 몰려오는 어둠과 침묵 속으로 내몰리게 되었다. 그러다가 마치 바다에 떠 있는 돛단배의 불빛이 조용히 흘러 다가오듯, 또다시 불빛이 우리 곁으로 다가왔다. 언덕 꼭대기에서 목격했던 바로 그 불빛이었다. 고요한 가운데 마을 전체가 어둠을 이겨내려고 하는 듯, 두 눈을 크게 뜨고 깨어 있는 모습이었다. 담벼락에 기대 서 있는 사람들 모습도 보였다. 마치 창문을 무겁게 짓누르고 있는 어둠 때문에 잠 못 이루다가 밖으로 나와 기지개를 켜고 있는 것 같았다. 굽이치며 파도치는 엄청난 어둠의 물결 앞에서 등불이 내는 불빛은 얼마나 왜소하게 보이던지! 바다에 홀로 떠 있는 조각배도 외로워 보이겠지만, 황량한 대지에 닻을 내린 채 매일 밤 깊이를 알 수 없는 어둠의 물결에 잠겨 있는 이 작은 마을이야말로 진정 외롭다고 느껴졌다.

이제 이런 기이한 분위기에 익숙해지자 엄청난 평화로움과 아름다움이 눈에 띄었다. 마을 속 구체적 형체들의 환영과 기운이 밖에 떠다니는 듯했고, 언덕이 있던 곳으로 구름 모습이 보였고 집들 역시 불꽃 모습으로 눈에 들어왔다. 우리의 시선이 거친 실체 모습의 외관을 스쳐가는 것이 아니라 깊은 어둠 가운데서 새롭게 눈을 씻고 생기를 되찾게 된 것이다. 끝없이 다양한 모습을 한 대지는 모호한 공간 속으로 녹아들었고, 새롭게 생기를 찾아 예민해진 우리의 시야에는 담벼락도 너무 낮아 보였고, 등불의 뿜어내는 빛도 섬광처럼 너무나 눈부시게 다가왔다. 우리는 마치 새장에 갇혀 지내다가 이제야 해방되어 새롭게 날갯짓을 하는 새와 같았다.

## 2장
# 여기가 아닌 어딘가로

E. M. Forster
**E. M. 포스터**

Robert Louis Stevenson
**로버트 루이스 스티븐슨**

Walt Whitman
**월트 휘트먼**

Rabindranath Tagore
**라빈드라나트 타고르**

Dorothy Wordsworth
**도로시 워즈워스**

Wilkie Collins
**윌키 콜린스**

Mark Twain
**마크 트웨인**

Rosa N. Carey
**로사 N. 캐리**

John Dyer
**존 다이어**

W. B. Yeats
**W. B. 예이츠**

*E. M. Forster*

# E. M. 포스터

*1879–1970*

영국의 소설가, 수필가. 휴 메러디스를 비롯한 친구들의 권유로 소설을 쓰기 시작했다. 노벨 문학상 후보로 열여섯 번이나 추천된 바 있다. 그는 인간의 획일성과 사회적으로 조건화된 삶에 대해 문제를 제기했다. 이 책에 수록된 글은 그의 세 번째 장편소설인 《전망 좋은 방》(1908)에서 발췌했다. 자유로이 걸어 다니는 것은 사회적으로 용인되는 관례적 행동에서 벗어나 자연적인 충동에 이끌려 미지의 길로 나아가는 행위임을 상징적으로 보여주는 장면이다. 루시 허니처치는 피렌체 도심지에서 여행 안내서 없이 홀로 다니게 된다. 무엇을 하고 어디로 가야 할지 혼자의 힘으로 탐색하는 것은 스스로 선택하고 결정하는 법을 배우는 첫 단계다. 이를 통해 마침내 루시는 소설 결말부에서 성취감을 맛본다.

# 전망 좋은 방

"어머나! 큰일 났어요! 길을 잃었어요."

분명 산타크로체 성당에 도착했어야 할 시간이 많이 지난 것 같았다. 성당 탑은 펜션 층계참 창문에서도 어렵지 않게 보였으니까. 하지만 래비시 양이 자기가 피렌체를 거의 다 꿰뚫고 있다고 하도 많이 말하는 통에 아무런 걱정 없이 그녀를 따라나선 것이다.

"어쩜! 길을 잃었네요! 루시 양, 정치 이야기를 하다가 그만 잘못 들어섰어요. 저 끔찍한 보수당 인간들이 우릴 얼마나 깔보겠어요! 어떡하죠? 여자 둘이 낯선 도시에서 길을 잃다니. 하지만 바로 이런 게 모험이죠."

성당을 보고 싶었던 루시는 지나가는 사람들에게 길을 묻자고 제안했다.

"세상에, 그건 겁쟁이들이나 하는 말이에요! 그리고

루시 양, 절대로 베데커 여행 안내서[*]를 보지 마세요. 그 책은 제게 줘요. 루시 양이 지니고 있으면 안 돼요. 자, 그저 한번 돌아다녀봅시다."

그리고 둘은 도시 동쪽의 그리 넓지도 화려하지도 않은 회갈색 거리를 헤매고 다녔다. 루시는 이제 루이자 여사의 불만에 대한 관심은 사라지고 대신 스스로 불만을 품게 되었다. 그러던 중 홀연히 그녀 앞에 이탈리아가 제 모습을 드러냈다. 안눈치아타 광장에 들어선 것이다. 눈앞에 그 어떤 싸구려 모조품도 견줄 수 없는 테라코타 스타일의 성스러운 아기 조각상이 나타났다. 은혜로운 의복 밖으로 드러난 팔다리는 빛이 났고 튼튼하고 흰 팔은 천상의 고리를 향해 뻗어 있었다. 루시는 이보다 더 아름다운 모습을 본 적이 없다고 생각했다. 하지만 래비시 양은 실망스럽다는 듯 소리쳤고, 길을 잘못 들어서 이미 1마일이나 벗어났다며 어서 가자고 재촉했다.

아침 식사가 거의 끝날 시간이어서 두 숙녀는 가게에

---

[*]　전문적인 여행 정보를 수록하고 숙박업소와 명소에 등급을 매기는 방식을 최초로 적용한 현대적 여행 안내서. 1828년 카를 베데커가 라인강 증기선 관광 사업의 시작과 함께 출간했다.

서 이곳 사람들이 주로 먹는 것으로 보이는 따뜻한 밤빵을 샀다. 포장지 냄새 같기도 하고, 머릿기름 같기도 한, 도무지 알 수 없는 냄새가 났다. 하지만 빵을 먹은 덕에 그들은 넓고 먼지 날리는 다른 광장으로 들어갈 힘이 생겼다. 광장 맞은편에는 추악하기 그지없는 희고 거무튀튀한 건물이 서 있었다. 래비시 양이 흥분한 말투로 그곳을 가리켰다. 바로 산타크로체 성당이었다. 모험은 끝났다.

"잠깐만. 저 두 사람 먼저 보내요. 난 저 사람들과 말 섞고 싶은 마음이 없어요. 틀에 박힌 대화는 질색이거든요. 귀찮아요! 이런, 저 사람들도 성당으로 들어가잖아요. 외국에 나온 영국인들은 다들 왜 그런지!"

"어제저녁 식당에서 저희 건너편에 앉아 있던 분들이네요. 저희와 방도 바꿔주고요. 아주 친절한 분들이에요"

래비시 양이 웃었다. "저 꼴 좀 봐요! 나의 이탈리아를 저렇게 소 걷듯이 걸어가는 꼴이라니. 건방지게 들리겠지만, 전 도버해협 건널 때 다들 자격시험을 치러야 한다고 봐요. 통과 못 하면 다들 바다를 건너지 못하게 말이지요"

"무슨 문제를 내시려고요?"

보나마나 루시 양은 답을 다 맞힐 거라는 듯, 래비시

양이 루시의 팔을 지긋이 잡았다. 유쾌한 가운데 두 사람은 어느새 대성당의 계단 앞까지 왔다. 안으로 막 들어가려는 순간, 래비시 양이 발을 멈추더니 팔을 흔들며 소리쳤다.

"저기 내 현지 친구가 있네! 꼭 할 말이 있는데."

그녀는 군대식 망토를 휘날리면서 어느새 광장 저편으로 뛰어갔다. 구레나룻이 허옇게 난 나이 먹은 사람에게 급히 다가가더니 장난스럽게 팔을 꼬집었다. 루시는 10분쯤 기다리다가 그새 지치고 말았다. 거지들이 무섭기도 하고 먼지가 눈에 들어가기도 했다. 젊은 여자 혼자 사람 많은 공간에 어슬렁거리면 안 된다는 생각이 들기도 했다. 그래서 래비시 양과 함께 있으려고 어쩔 수 없이 광장 쪽으로 서서히 내려갔다. 정말 특이한 면이 있는 여자였다. 그 순간 래비시 양와 그녀의 친구는 손짓으로 떠들어대면서 발걸음을 옮겨 샛길로 사라지고 말았다.

화가 난 루시는 눈물까지 흘렸다. 래비시 양이 자기를 버리고 갔기 때문이기도 하지만 베데커 안내서마저 가지고 갔다는 게 더 화가 났다. 숙소에는 어떻게 돌아가지? 산타크로체 성당 안은 어떻게 구경하지? 여행 첫날 아침

이 엉망이 되었다. 피렌체에는 다시 올 수도 없을 텐데. 조금 전만 해도 루시는 좋은 기분으로 교양 있는 여성다운 대화를 나누며 스스로를 독창적이라고 여겼다. 이제는 분하고 우울해진 채 성당 안으로 들어갔다. 성당을 세운 게 프란체스코 수도회인지 도미니코 수도회인지도 기억 나지 않았다.

성당이 놀랄 만한 건물임에는 분명했지만, 헛간 같다는 기분이 들었다. 게다가 얼마나 춥던지! 성당 안에 조토의 프레스코 벽화가 있고, 루시는 그 작품의 뛰어난 질감을 제대로 감상할 수 있는 능력이 있었다. 하지만 루시는 작가도 제작 연도도 잘 모르는 기념물에 감탄하고 싶은 마음이 들지 않아 시큰둥하게 성당 안을 거닐었다. 교회 본당이나 회랑에 전시된 수많은 묘석 가운데 어느 게 진정 아름다운 것이고 어느 게 러스킨이 감탄한 작품인지 알려줄 사람도 없었다.

그 순간 이탈리아가 지닌 치명적인 매력이 작동하기 시작했는지, 루시는 뭔가를 알아내려는 생각 대신 행복감을 느끼기 시작했다. 이탈리아식 안내문들도 눈에 들어오기 시작했다. 성당에 개를 데려오면 안 된다든지, 위생을 고려하고 성스러운 기념비에 대한 존경심을 표하려면 침을 뱉어서는 안 된다든지 하는 안내문. 여행객들을 돌아다보니 성당 안이 얼마나 추웠는지 그들 손에 들린 빨간 베데커 안내서만큼이나 사람들의 코가 벌겠다. 그러다가 세 명의 신도—사내애 두 명에 여자애 한 명—에게 벌어진 참담한 일을 목격하게 되었다. 애들은 서로에게 성수를 뿌리더니 성스러운 기운을 느끼는 듯한 모습으로 물을 뚝뚝 떨구며 마키아벨리 기념비 쪽으로 다가갔다. 서서히 그 앞으로 가더니 기념비에 손을 대고, 손수건으로 만지고, 머리까지 갖다 대고는 뒤로 물러섰다. 대체 뭐 하는 걸까? 애들이 같은 짓을 계속 반복했다. 루시는 아마도 애들이 마키아벨리를 성인으로 착각한 나머지, 이런 식으로 만지면서 자신들도 성인의 미덕을 얻으려 한 게 아닐까 추측했다. 곧이어 이런 헛된 기대감에 대한 징벌이 뒤따랐다. 가장 어린 남자애가 러스킨이 그렇게 감탄했던 기념비 중 하나를 잘못 밟고는, 누워 있는 주교 동상의 얼굴 부위에 발이 걸렸는지 그 자리에서 미끄러졌다. 루시는 즉시 그리로 달려갔지만 아이는 이미 위로 솟은 주교의 발가락 위에 쫘당 넘어지고 말았다.

"저런 못된 주교 같으니!" 아버지 에머슨 씨가 소리치며 앞으로 달려 나갔다. "살아서도 매정하더니, 죽어서도 똑같구나. 얘야, 따뜻한 밖으로 나가 햇볕이나 쬐렴. 네가 있어야 할 곳은 바로 거기란다. 몹쓸 주교 같으니라고!"

이 말을 듣자마자 아이가 흠칫 놀라며, 자기를 일으켜 세워 먼지도 털어주고 상처도 어루만지면서 절대 미신 같은 건 믿지 말라고 말하는 두 사람을 향해 악을 쓰며 울음을 터뜨렸다.

"저 애를 보세요!" 에머슨 씨가 루시에게 말했다. "엉망이에요. 다친 데다가 놀라서 정신이 없나 보군요. 하지만 성당에서 저 애에게 뭘 해줄 수 있겠어요?"

아이는 다리에 힘이 풀렸는지 마치 녹아내리는 밀랍처럼 휘청거렸다. 에머슨 씨와 루시가 일으켜 세우려 해도 아이는 비명을 지르며 다시 자빠졌다. 때마침 기도문을 외우던 한 이탈리아 부인이 도와주려고 달려왔다. 소위 엄마들만이 가진 신비로운 힘 덕분인지 그녀가 아이의 등을 곧추세우더니 두 발로 설 수 있게 해주었다. 아이는 충격을 털어내려는지 뭐라고 중얼거리며 자리를 떠났다.

에머슨 씨가 말했다. "총명한 부인이시네요. 이 세상

의 성스러운 어떤 유물도 못 해내는 걸 해내셨어요. 댁의 종교를 믿는 건 아니지만, 전 이웃 사람들을 행복하게 해주는 사람은 믿는답니다. 이 세상에 섭리 같은 게 달리 어디 있겠습니까⋯⋯."

에머슨 씨는 적당한 표현을 찾느라 잠시 말을 멈췄다.

"천만에요(Niente)." 그 부인은 이렇게 말하고는, 다시 기도를 드리기 시작했다.

"부인께서 영어를 모르시는 것 같아요." 루시가 거들었다.

기분이 한층 누그러진 루시는 이제 에머슨 부자를 얕보지 않았다. 두 사람을 편하게 대하기로 마음먹었다. 품위 있기보다 아름답고 싶었고, 가능하다면 방을 양보해준 일을 언급하면서 샬럿의 은근한 무례를 사과하고 싶었다.

"저 부인은 모든 것을 알고 있어요." 에머슨 씨가 말했다. "그런데 여긴 웬일이에요? 성당 구경 중인가요? 구경은 다 끝냈고요?"

"아뇨." 서러웠던 좀 전 상황을 떠올리며 루시가 말했다. "래비시 양과 함께 이곳에 왔는데 자기가 다 설명해준다고 했거든요. 그런데 바로 문 앞에서 저를 두고 사라지는 거예요. 정말 못됐어요. 결국 한참 기다리다가 혼자 들어왔어요."

"그러면 안 됩니까?" 에머슨 씨가 말했다.

"그래요, 혼자 오면 뭐 어때요?" 에머슨 씨의 아들도 루시에게 처음으로 말을 건네며 아버지를 거들었다.

"하지만 래비시 양은 제 베데커 안내서까지 가져갔단 말이에요."

"안내서요?" 에머슨 씨가 말했다. "그것 때문에 속상한 거라니 다행이네요. 안내서를 잃어버린 거면 그럴 만도 하지요."

루시는 당황했다. 다시 한번 마음속에 뭔가 새로운 생각이 떠오르는 것을 느꼈기 때문이다. 대체 이 생각이 자기를 어디로 이끌지 알 수 없었다.

"안내서가 없으면, 저희와 같이 가시면 되죠." 아들이 말했다.

새로운 생각이 이끄는 게 바로 이런 거였나? 하지만 그녀는 다시금 자신의 위신을 지키기로 마음먹었다.

"고맙기는 하지만 그런 생각은 안 해봤어요. 혹 제가 두 분과 함께하려고 이곳에 왔다고 생각하시지 않았으면

해요. 전 그저 넘어진 아이를 도와주려고 달려온 거고, 아울러 어제 친절하게도 저희에게 전망 좋은 방을 양보해주신 것을 감사드리고 싶었을 뿐이에요. 저희 때문에 불편하신 건 아닌지 모르겠네요."

"아가씨, 나이 든 사람들이 하는 말을 아가씨가 따라 할 필요는 없어요. 겉으로는 까다로운 척하지만 그렇지 않다는 거 다 알아요. 괜스레 깐깐한 척하지 말고 성당의 어디를 보고 싶은지 내게 말해요. 내가 기꺼이 그곳으로 데려가줄 테니까요." 에머슨 씨가 부드럽게 말을 건넸다.

*Robert Louis Stevenson*

# 로버트 루이스 스티븐슨

*1850–1894*

영국의 소설가. 스코틀랜드의 에든버러에서 태어났다. 스코틀랜드 역사에 대한 해박한 지식과 모험과 바다를 좋아하는 그의 취향은 소설에 잘 드러나 있다. 《보물섬》(1883), 《지킬 박사와 하이드》(1886) 등의 걸작을 발표했다. 1870년대 중반부터 단편소설과 수필을 발표하며 작가로서의 활동을 시작한 그는 《내륙 여행》(1878)과 《당나귀와 떠난 세벤 여행》(1879)에서 자신이 겪었던 여행 이야기를 썼다. 〈도보 여행〉(1876)에서 일부 발췌한 글에서 스티븐슨은 앞에서 소개한 윌리엄 해즐릿의 〈홀로 가는 여행〉에 영향을 받아, 혼자만의 여행이 주는 단순한 즐거움과 안락함에 대해 기록하고 있다.

# 도보 여행

　도보 여행을 사람들이 생각하듯, 시골 경치를 돌아보는 데 매우 유용하다거나 그렇지 않다거나 하는 식으로만 생각해서는 안 된다. 경치를 돌아보는 데는 도보 여행 못지않은 다양한 방법이 있고, 걷기 애호가들이 아무리 도보가 최고라고 해도, 기차 여행만큼 생생하게 경치를 볼 수 있는 건 없기 때문이다. 경치 구경은 도보 여행이 덤으로 주는 액세서리일 뿐이다. 진정 인간애를 아는 자라면 여행을 떠나는 이유가 단지 경치를 보기 위해서가 아니라, 아침에 출발할 때 느끼는 높은 기상과 기대감, 그리고 하루를 지내고 돌아와 느끼는 안락함과 정신적 충만감에서 오는 즐거움 때문이라는 것을 안다. 가방을 둘러메건 안 메건 즐거움은 매한가지다. 출발할 때의 흥분감은 여행을 마친 후에도 이어진다. 도보 여행 그 자체가 보상이며, 이후에도 즐거움이 연이어 따라오기 때문이다. 사람들은 이 점을 알지 못한다. 이들은 걸어서 출발한 여행에서 어슬렁 거리며 걷든지 아니면 시간당 5마일 정도로 급히 걷든지 상관이 없다. 이들에게 하루는 저녁을 준비하기 위한 것이며 저녁 또한 내일을 준비하기 위한 것이다. 그리고 무엇보다도 과도하게 많이 걷는 사람들이 바로 이런 점들을 놓친다. 그들은 퀴라소 독주를 큰 술잔으로 한 번에 들이켤 수 있는데 왜 작은 잔으로 홀짝홀짝 음미하는지 이해하지 못한다. 조금씩 음미할 때 그 향이 진하게 다가오는 걸 모르기 때문이다. 이들은 터무니없이 먼 거리를 걷는 게 자기 몸을 학대하면서 마비시킨다는 점을 알지 못하기에, 결국 오감은 둔해지고, 영혼은 마치 별빛조차 없는 어두운 밤처럼 혼미해진 가운데 숙소로 돌아오게 된다. 차분하게 걷는 이들이 즐기는 별빛이 은은하게 빛나는 저녁 시간은 이들 몫이 아닌 셈이다! 이들은 피곤하고 졸린 나머지 이중 안대를 눈에 걸치고 잠에 빠진다. 즐기던 담배도 맛을 잃고 환멸감만 남게 된다. 지나치게 행복을 추구하다가 결국 행복 자체를 놓치고 마는 셈이다. 과유불급이라고 했던가, 이들은 지나치다가 모자람만도 못한 결과를 얻고 만 것이다.

　도보 여행을 제대로 즐기려면 홀로 떠나야 한다. 동반 자나 친구와 짝이 되어 떠나면 도보 여행은 그저 이름만 여행이 되고 만다. 도보 여행이 아닌, 그저 야유회 정도로 그치게 되는 것이다. 도보 여행은 그 본질이 자유로운 것 이기에 자기 마음이 이끄는 대로 가다 서다 하며 혼자 떠 나야 한다. 그래야 자기가 원하는 속도로 갈 수 있고, 보 폭 빠른 사람을 쫓거나 어린 소녀의 보폭에 맞춰 종종걸 음을 할 필요가 없게 된다. 보이는 모든 것에 마음을 열고 그 결을 따르고, 부는 바람에 맞춰 피리 소리를 낼 수 있 어야 한다. 해즐릿은 이렇게 말했다. "나는 걸으면서 남과 말을 나누고 싶은 생각이 추호도 없다. 시골에서 지낼 때 나는 그저 아무 말 않고 무위도식하며 지내고 싶을 뿐이 다." 나는 해즐릿의 이 말이 도보 여행의 모든 것을 말해 주고 있다고 본다. 명상에 잠긴 아침의 고요함은 누군가의 목소리로 인해 사라져버리고, 이것저것 논리적으로 따지 다 보면 탁 트인 대기에서 맛보는 황홀경에도 빠질 수 없 다. 황홀경에 빠지면 뇌가 서서히 둔해지면서 맑아지기 시 작하다가, 종국에는 모든 이해의 단계를 초월하는 평화로운 순간에 빠지게 된다.

　어떤 도보 여행이든 처음 하루 이틀은 힘든 순간들이 있다. 둘러멘 가방조차 지긋지긋해져 울타리 너머로 집어던지고 싶은 마음이 들기도 한다. 이럴 때는 《천로역정》에 등장하는 한 기독교인처럼 "세 번을 펄쩍 뛰어본 다음, 흥얼대며 다시 가야" 한다. 그러면 이내 평정심이 회복되고, 마치 자석이 주위를 끌어당기듯 여행의 기운이 다시 자리하게 된다. 가방을 고쳐 멘 순간 졸음도 사라지고, 다시금 기운을 차리고 단번에 성큼성큼 걷게 된다. 도보 여행으로 발을 내딛는 순간만큼 행복한 건 없기 때문이다.

*Walt Whitman*

# 월트 휘트먼

*1819–1892*

미국의 시인, 수필가. 미국 문학에서 가장 영향력 있는 작가로 꼽히며 자유시의 아버지라 일컬어진다. 가난한 가정환경 탓에 열한 살에 학교 교육을 마치고 인쇄술, 조판 등을 배워 돈을 벌기 시작했다. 인쇄공, 교사, 편집자 등의 직업을 거친 뒤 휘트먼은 여러 신문사를 전전하면서 산문이나 시를 지속적으로 발표했다. 그의 시집 《풀잎》(1855)은 미국 문학사에서 획기적인 한 획을 그었다. 이 시집은 출간 당시 관능적 묘사와 새로운 스타일로 인해 논쟁과 혼란을 불러일으켰다. 초절주의의 영향을 깊게 받은 휘트먼은 인간과 자연의 연결을 칭송하는 시를 썼다. 〈열린 길의 노래〉(1856)에서 휘트먼은 도시와 시골을 걸을 때 느끼는 해방감과 황홀함을 묘사하고 있다.

# 열린 길의 노래

**1**

나는 마음 가볍게 열린 길로 가리라,

세계는 내 앞에 펼쳐져 있고, 나는 건강하고 자유로우며,

가고자 하는 곳이 어디든 내 앞의 긴 황톳길로 갈 수 있다.


내 자신이 행운이므로, 지금부터는 행운을 찾지 않으리라,

지금부터는 더 이상 투덜대지도, 더 이상 미루지도, 아무것도 원하지 않을 것이다,

이제 불평과 도서관과 논쟁적인 비평이여 안녕,

만족한 상태로 씩씩하게 열린 길로 여행을 시작한다.

지상, 그것으로 충분하다,

나 더 이상 별들에 가까이 가고 싶지 않다,

별들이 제자리에 아주 잘 있음을 알고,

별들끼리만 있어도 완벽하다는 것을 안다.


(하지만 나는 아직도 오래된 짐을 유쾌하게 지고 다닌다,

나는 그들 남녀를 지니고 다니고, 어디를 가든 꼭 지니고 다니고,

맹세코 그들을 버릴 수 없으며,

그들은 나를 채우고, 나 역시 그들을 채운다.)


### 4

지상은 오른쪽으로 그리고 왼쪽으로 확대된다,

그림은 살아나고, 모든 부분이 최상의 모습을 보여주며,

음악은 원하는 곳에서 울려 퍼지고,  원치 않는 곳에서는 멈춰버린다,

대로에서 나는 유쾌한 소리, 길이 풍기는 즐거우며

신선한 느낌.


　오 대로여, 그대는 내게 '나를 떠나지 말아요'라고
말하고 있는가?

　그대는 '모험을 하지 말아요—날 떠나면 길을 잃을
거예요'라고 말하고 있는가?

　그대는 '나는 잘 준비되어 있고, 잘 다져져 있고 모
두 이 길로 다니니 나만 따라오라고' 말하고 있는가?


　오 공공 도로여! 나 그대를 떠나는 것을 두려워하
지 않지만,

　그러나 그대를 사랑한다고 말하노라,

　그대는 나보다 나 자신을 더 잘 표현해주고,

　내 시보다 내게 더 중요한 존재가 되리라.


　나는 모든 영웅적인 행위는 야외에서 생겨났고,

　모든 자유로운 시 역시 야외에서 생겨났다고 생각
한다.

　나 여기서 멈추어 기적을 행할 수 있을 것 같다,

길에서 만나는 모두를 좋아할 것 같고,

나를 보는 사람 역시 모두 나를 좋아할 것 같고,

내가 본 모든 사람이 행복해져야 한다고 생각한다.


**5**

이 순간부터 나는 제한과 상상의 경계선에서 해방
되리라,

가고자 하는 곳으로 가리라, 스스로 완전하고 절
대적인 주인으로서,

다른 사람들의 말을 경청하고, 그들의 말을 곰곰
이 생각하고,

멈추어 서서, 찾아보고, 받아들이고, 사색하며,

부드럽게, 그러나 불굴의 의지로 나를 옥죄는 모든
구속에서 벗어나리라.


이 공간에서 심호흡을 하면,

동쪽과 서쪽이 내 것이고, 남쪽과 북쪽도 내 것이다.


나는 내가 생각한 것보다 더 큰 사람이고 더 선한

사람이다,

나는 내 자신이 이렇게 선한 사람인지 몰랐다.


내게는 모두가 아름다워 보인다.

나는 몇 번이고 되풀이해서 남자들과 여자들에게
말할 수 있으리라, 그대들이 그렇게 내게 도움이 되었으
니, 나 역시 그대들에게 도움이 되겠다고,

나는 나아가 나와 그대들을 위해 더 많은 사람을
모으리라,

나는 나아가 만나는 남자들과 여자들에게 나 자
신의 일부를 주리라,

나는 그들에게 새로운 기쁨과 거친 힘을 주리라,

나를 거부하는 이가 누구든 개의치 않고,

나를 받아들이는 이가 누구든, 남자든 여자든 모
두 축복할 것이며, 그들 역시 나를 축복할 것이다.


**6**

이제 완벽한 남자들이 수없이 나타나도 놀라지 않고,

이제 아름다운 여인들이 수없이 나타나도 놀라지

않으리라,

이제 나는 최상의 사람들을 만드는 비법을 알고 있으니,

그 비법은 야외에서 자라고 대지와 함께 먹고 자는 것이다.


여기에 위대한 개인의 행동이 나올 수 있고,

(그런 행동이 인류 전체의 마음을 사로잡고,

그런 힘과 의지가 퍼지게 되면 법을 압도하고, 모든 권위와 모든 반대 의견을 조롱할 것이다.)


여기 지혜의 시금석이 있다,

지혜는 궁극적으로 학교에서 시험 볼 수 있는 것이 아니다,

지혜는 영혼에서 나오고, 증명될 수 있는 게 아니고 스스로를 증명하며,

지혜는 모든 단계, 모든 사물, 모든 자질에 적용되며, 자족적이다,

지혜는 분명히 현실에 있는 것으로 만물의 불멸성

과 만물의 우수성 속에 있다.

부유하는 만물의 광경 속에 있는 그 무언가가 영혼을 자극해 지혜가 나오게 된다.


이제 나는 철학과 종교를 재검토하겠노라,

강의실에서는 그것들이 잘 증명될지 몰라도, 거대한 구름 아래서나 풍경이나 흘러가는 물길에서는 잘 증명되지 않는다.


여기 깨달음이 있고,

여기 꼭 들어맞는 사람이 있다―그는 여기서 무엇이 자신의 내면에 있는지 깨닫는다,

과거, 미래, 권위, 사랑―이런 것들이 그대를 공허하게 만든다면, 그런 것들일랑 떨쳐버려야 한다.


만물의 핵심만 성장에 도움이 된다.

그대와 나를 위해 껍질을 벗겨줄 사람은 어디에 있는가?

술책을 쓰지 않고 그대와 나를 감싸주기만 할 사

람은 어디에 있는가?


여기 애착이 있다.

미리 생겨난 애착이 아니라, 즉석에서 생겨나는 애착인데,

그대는 지나가는 낯선 사람이 그대를 사랑한다는 게 어떤 의미인지 아는가?

그대는 그대를 바라보는 눈동자가 무슨 말을 하는지 아는가?


7

여기 영혼이 흘러넘친다,

영혼은 내면에서 나와 나무로 뒤덮인 문을 통해 흘러넘치며 영원히 질문을 던진다,

이 열망은 왜 생기는 것인가? 이 어둠 속의 생각은 왜 생기는 것인가?

남자들과 여자들이 가까이 있을 때면 왜 빛나는 햇살이 비쳐 내 혈관이 확장되는가?

왜 그들이 떠나면 내 기쁨의 깃발이 쓰러져 땅바

닥에 내동댕이쳐지는가?

왜 나무 밑을 걸어갈 때마다 위대한 생각이 흥겹게 날 덮치는가?

(여름과 겨울 내내 그런 생각의 열매들이 나무에 매달려 있다가, 내가 지나갈 때 떨어지는 것 같다.)

무엇 때문에 나는 갑자기 모르는 사람과 이야기를 하는가?

무엇 때문에 내가 어떤 마차를 타 마부 곁에 앉는가?

무엇 때문에 나는 멈추어 서서 그물을 끌어 올리는 어부를 쳐다보는가?

무엇 때문에 남자들과 여자들이 내게 마구 호의를 베푸는가? 무엇 때문에 나는 그들에게 마구 호의를 베푸는가?


**8**

흘러 넘치는 영혼이 행복이고, 여기 행복이 있다,

행복은 야외에 스며 있고 늘 우리를 기다리며,

이제 행복이 우리 속으로 흘러 들어와 우리는 완전히 충전된다.

여기서 애착을 가진 동시에 유동적인 성품이 생겨
난다,

애착을 가진 동시에 유동적인 성품이란 남녀의 신
선함과 다정함이다,

(그런 성품 자체에서 끊임없이 신선함과 다정함이
나오는데, 그것은 풀잎이 매일 아침 뿌리에서 빨아올리
는 신선함과 다정함보다 더 강렬하다.)

이런 애착을 가진 동시에 유동적인 성품을 지닌 사
람에게 젊은이와 노인 모두 숨 가쁜 사랑을 보낸다,

그런 성품에서 증류된 매력이 생겨나고 그 매력은
미와 학식을 비웃는다.

이런 성품을 향해 몸이 떨릴 정도로 고통스러운
접촉의 갈구가 생긴다.

### 13

가자! 시작이 없었듯이 끝도 없는 곳으로,

대낮의 도보 여행, 밤의 휴식을 실컷 경험하기 위해,

그들의 여행 속에, 그들이 겪은 밤낮 속에 모두를

합류시키기 위해,

그리고 다시 최고의 여행에 모두를 합류시키기 위해,

그대가 도달하고 지나갈 곳만 보기 위해,

아무리 시간이 걸려도 그대가 도착하고 지나갈 시간만 생각하기 위해,

그대를 위해 뻗어 있고 그대를 기다리는 길만을 올려다보고 내려다보기 위해, 아무리 멀어도 그 길은 그대를 위해 뻗어 있고 그대를 기다리니,

그곳을 향해 갈 뿐이고 신이나 또 다른 존재를 보지 않으리,

그대가 가진 것 외에는 아무것도 보지 않은 채, 일하거나 돈 주고 사지 않아도 될 모든 것을 즐기기 위해, 축제의 일부가 아니라 축제 전체를 흠뻑 즐기기 위해,

농장과 부자의 우아한 별장과 신혼부부의 순결한 축복과 과수원의 과일과 정원의 꽃에서 가장 좋은 것만 취하기 위해,

사람들이 많이 사는 도시에서 그대에게 필요한 것만 갖기 위해,

어디를 가든 그다음에 건물과 거리를 함께 데려가

기 위해,

사람들을 만날 때 그들의 두뇌에서 정신을, 그들의 심장에서 사랑을 모으기 위해,

연인을 버리고 왔지만, 연인과 함께 길로 떠나기 위해,

우주 자체가 하나의 길이며 여러 갈래의 길이고 여행자를 위한 길임을 알기 위해.

영혼의 진보를 위해 부분은 모두 버려라,

종교, 견고한 모든 것, 예술, 정부를 버려라―거대한 우주의 길을 따라 행진하는 영혼 앞에서 지구나 과거 다른 행성에 있었거나 현재 있는 모든 것을 구멍이나 구석으로 버려라.

우주의 거대한 길을 따라 남자들과 여자들의 영혼이 진보하는 것에 비하면, 다른 진보는 모두 필요한 상징이나 지지대일 뿐이다.

영원히 살아 있고, 영원히 앞으로 나아가라,

당당하게, 엄숙하게, 슬프게, 당혹스러워하며, 미쳐

서, 거칠게, 약하게, 불만에 차,

절박하게, 자부심에 차, 다정하게, 병들어, 사람들의 인정을 받으며, 사람들에게 거부당하며,

그들은 간다! 그들은 간다! 나는 그들이 간다는 것은 알지만 어디로 가는지는 모른다,

하지만 그들이 최상을 향하여— 뭔가 위대한 것을 향하여 간다는 것은 안다.


그대가 누구든 앞으로 오라! 남자든 여자든 앞으로 오라!

거기 집에서 잠자거나 시간을 낭비해서는 안 된다, 그대가 지은 집이든 남이 지어준 집이든 마찬가지다.


감금된 어두운 곳에서 나오라! 장막을 뚫고 나오라!

저항해도 소용없다, 나는 모든 것을 알고 폭로한다.


나는 다른 사람들과 다를 바 없이 나쁜 그대를 꿰뚫어 본다,

사람들이 웃고 춤추고 식사하고 마시는 것을 꿰뚫

어 본다,

장신구를 걸친 옷의 안쪽을 꿰뚫어 보고, 세수하
고 단장한 얼굴의 안쪽을 본다,

은밀하고 조용한 혐오와 절망을 본다.


고백을 들어줄 아내도 남편도 친구도 없이,

모두의 복사본이기도 한 또 하나의 자아는

숨어서 살금살금 간다,

형체도 없이 말도 없이 도시의 길을 지나, 공손하
고 온화하게 응접실에,

기차의 객실에, 증기선에, 공적인 모임에,

남자들과 여자들의 집으로 가 식탁에, 침실에, 모
든 곳에 있다,

멋지게 차려입고, 웃는 표정으로, 꼿꼿하게 서 있지
만 이미 갈비뼈 사이에 죽음, 두개골 아래 지옥이 있다,

포플린 옷과 장갑을 끼고, 리본과 조화를 달고

예의범절에 맞게 멋지게 차려입었지만, 자신에 대
해서는 한마디도 말하지 않는다,

다른 것은 무엇이든 말하지만, 자신에 대해서는 절

대로 아무 말도 하지 않는다.


### 15

가자! 우리 앞에 길이 있다!

길은 안전하다—나는 그 길을 걸어본 적이 있다—나 자신의 발로 그 길을 잘 걸었다—더 이상 미루지 마라!

아무것도 쓰여 있지 않은 종이는 책상 위에 두고, 펼치지 않은 책은 책장에 꽂아라!

연장은 일터에 두어라! 돈을 벌지 마라!

학교는 내버려두어라! 선생의 외침도 들을 필요 없다!

목사는 교회에서 설교하게 두어라! 변호사는 법정에서 변론하고, 판사는 법을 해석하게 두어라.


동지여, 나 그대에게 손을 내미노라!

돈보다 소중한 나의 사랑을 그대에게 주노라,

설교하거나 법을 들이대기 전에 나 자신을 그대에게 주노라.

그대는 내게 그대 자신을 주겠는가? 그대는 나와 함께 여행하겠는가?

우리가 살아 있는 한 서로 꼭 붙어 있겠는가?

*Rabindranath Tagore*

# 라빈드라나트 타고르

*1861-1941*

인도의 시인, 철학자, 음악가. 시성(詩聖)으로 불리며, 인도 문학과 음악에 혁신을 불러왔다. 그는 1913년 아시아 최초로 노벨 문학상을 수상했다. 《벵골의 모습》(1921)에 수록된 편지들에서 그는 작은 배를 타고 파드마강을 따라 고향 벵골 지역을 여행하는 모습을 기록했다. 이 책에는 도시를 떠나 시골 지역을 여행하다가 잠시 멈춰 쉬면서 기록한 부분을 발췌해 수록했다. 자신에게 아무것도 요구하지 않는 황야 한가운데에서 그는 마침내 진정한 자유로움을 느낀다.

# 벵골의 모습

**파티사르, 1894년 2월 27일**

하늘에는 이따금 구름이 끼었다가 다시 개곤 한다. 별안간 불어오는 실바람에 배 이음새가 삐걱거리고 신음을 낸다. 그렇게 하루가 흐른다.

이제 1시가 지났다. 낮 시간에 시골 깊이 들어오니 온갖 소리가 들려온다. 꽥꽥거리는 오리 소리, 소용돌이치며 지나가는 뱃소리, 물빨래하는 사람들 소리, 저 멀리 강 너머로 가축을 태우고 가는 사람들 소리. 여기 있다 보면 책상 앞에 앉아 지내는 판에 박힌 단조롭고 음울한 콜카타*에서의 삶을 상상조차 할 수 없다.

콜카타는 주 청사가 있는 곳으로 제법 번창한 도시

---

\* 인도 서벵골주의 주도. 집필 당시의 명칭은 캘커타였다.

다. 마치 조폐청에서 매일 찍어내는 번쩍거리고 깔끔한 새 지폐처럼 하루하루가 시작되는 그곳의 생활은 매일 삶의 무게감도 똑같고 너무 점잖기만 한 단조롭고 지루한 곳이 아니던가!

여기에서 나는 내가 속해 있는 모든 곳에서 요구하는 것을 다 내려놓는다. 더 이상 긴장 상태로 돌아가는 기계도 아니다. 하루하루가 온전하게 다 내 것이고, 시공간의 모든 족쇄에서 벗어나 유쾌한 기분에 이런저런 사색에 잠겨 들판을 거닌다. 고개 숙인 채 걷다 보면, 땅과 하늘과 강이 서서히 저녁 기운으로 물들고 나 역시 이들을 따라 걷는다.

*Dorothy Wordsworth*

# 도로시 워즈워스

*1771-1855*

영국의 시인, 박물학자. 편지와 일기를 포함한 다양한 기록을 남겼고 사후에 출판되며 재조명되었다. 그래스미어의 소박한 오두막 집 도브 코티지에서의 일상을 기록한 그녀의 일기는 오빠인 윌리엄 워즈워스와 종종 긴 산책을 하며 사색한 내용을 담고 있다. 도로시 워즈워스의 여행기는 걷기와 시의 관계가 낭만주의 운동에서 얼마나 중요한지 잘 보여준다. 이 책에는 《스코틀랜드 여행 회상기》(1803)에서 호수를 걷다가 그 지방 여성들과 만난 따뜻한 추억과 이 만남에서 영감을 받아 윌리엄 워즈워스가 〈서쪽으로 걷다〉를 쓰게 된 일을 묘사하는 부분을 실었다. 이 글은 야외 걷기가 어떻게 우리에게 영감을 주고 일상생활에서 초월적인 느낌을 갖게 하는가를 완벽하게 포착한다.

# 스코틀랜드 여행 회상기

오늘 저녁 산책은 그 어느 때보다 유쾌했다. 요새에서 바라본 벤로몬드산과 로몬드호 근처의 세 봉우리는 맑은 하늘 아래 웅장해 보였다. 호수는 완벽하게 고요했고 대기는 상쾌하고 온화했다. 특별한 경우를 제외하면 처음 간 곳보다 이미 가본 곳을 방문하는 것이 훨씬 더 흥미롭다고 느꼈다. 해는 조금 전부터 지고 있었다. 뱃사공의 오두막에서 출발해 4분의 1마일 정도 걸어 고요한 호숫가에 도착했을 때 단정한 옷차림의 여성 두 명을 만났다. 모자는 쓰지 않고 있었고 아마도 일요일 저녁 산책을 나온 것 같았다. 그중 한 여인이 부드러운 목소리로 상냥하게 말을 건넸다. "뭐라고요? 서쪽으로 걸어가신다고요?" 아직도 지는 해의 노을이 타고 있는 서쪽 하늘이 눈앞에 펼쳐진 그 외딴곳에서 이 간단한 말이 얼마나 감동적이었는지 이루 다 묘사할 수 없다. 한참 시간이 지난 후 윌리엄이 나와 자신이 느낀 감동을 기억해내 다음 시를 썼다.

'뭐라고요? 서쪽으로 걸어가신다고요?'
그래요, 집에서 멀리 떨어진 낯선 땅에서
우리가 우연히 이곳을 방문한 것이
거친 운명 탓일 수도 있겠죠.
하지만 이곳은 고향도 아니고 집도 없지만
저런 하늘이 오라고 손짓하는데
가지 않거나 두려워 못 가는 사람이 있을까요?

이슬 맺힌 땅은 어둡고 차가웠고
등 뒤는 더 어두워져가고 있는데
서쪽으로 걸어가는 것은
천국 같은 운명으로 보였다.
이 인사말이 좋았고, 장소도
경계도 넘어선 소리였다.
내게 그 밝은 지역을 통과해
여행할 정신적 권리를 주는 것 같았다.

목소리는 부드러웠고, 내게 말을 건넨 여인은

고향의 호수를 걸고 있었다.

그 인사말은 아주 공손하게 들렸다.

그 힘이 느껴졌다. 나는 노을이 타는 하늘에서

눈길을 떼지 못하고 있었지만,

울려 퍼지는 그 여인의 목소리에

눈앞에 끝없이 펼쳐진 세상을 여행하는

나를 배려하는 인간적 다정함이 스며 있었다.

*Wilkie Collins*

# 윌키 콜린스

*1824–1889*

영국의 소설가, 시인, 극작가. 찰스 디킨스와 더불어 빅토리아 시대를 대표하는 작가로, 1847년에 죽은 아버지를 회고한 《윌리엄 콜린스의 회고록》을 발표하면서 본격적인 작가 활동을 시작했다. 대표작은 《흰 옷을 입은 여인》(1859)과 《문스톤》(1868)으로, 복잡하고 불안한 인물 심리를 미스터리한 이야기를 통해 그려냈다. 《철길 너머 산책》(1851)은 콘월 지역에 아직 철도가 개통되기 전의 도보 여행 경험을 기록한 이야기다. 콜린스는 이 책에서 아름다운 풍경 묘사와 콘월의 역사, 민담 및 예법에 대한 한담을 결합시켰다. 다음 발췌문에는 어떤 종류의 일정에도 얽매이지 않는 '문명을 벗어난' 느낌이 있다. 점점 더 급속하게 발전하고 상업화되는 세계에서 걷는 사람은 '여행이라는 세계 전체에 속한 자유 시민'으로 스스로의 속도를 정한다. 하지만 이 한가한 안식처조차 결국에는 다른 세계와 보조를 맞추어야 한다는 의식이 책 전체에 깔려 있다.

# 철길 너머 산책

## 2장. 콘월의 어촌

시간은 밤 10시고, 장소는 어린 전나무가 우거진 길가 강둑이다. 두 여행자가 잠시 쉬고 있다. 이들은 강둑에 누워, 아니 이제는 그들의 등의 일부가 되어버린 배낭 위에 누워, 그림처럼 펼쳐진 시원한 밤의 대기를 즐기고 있다. 이 두 여행자란 이 책의 저자와 그의 도보 여행 동행인 화가 친구다. 그들은 오랫동안 콘월을 도보로 둘러보고 싶었는데 드디어 1850년 여름 그 꿈을 이루었다.

그들이 현재 위치한 곳은(지리적으로 이야기하자면), 동쪽 끝에 바위 언덕을 낀 구불구불한 긴 길이 있고, 서쪽 끝에 밀물 때는 물이 들어오지만 지금은 반쯤 말라 있는 갯벌이 있고, 북쪽 끝에 나무와 언덕과 고지대 계곡이 있고, 남쪽 끝에 낡은 다리와 그 주위의 집이 있었다. 집의 창문에서 새어 나온 빛이 얕은 물에 희미하게 반사되고 있다. 좀 더 쉽게 말하자면 이들 주변 광경의 남쪽 끝에는 콘월의 남쪽 해안가의 루라는 어촌 마을이 있고 그들은 오늘 밤 루에 묵을 예정이다.

이 무렵 그들은 도보 배낭여행 시작의 완벽한 성공에 고무되어 있었다. 격렬한 소란, 사업, 경쟁으로 가득 찬 요즈음에도 여전히 단순히 즐기는 여행이 가능하다. 철도, 마차, 말의 구속으로부터 해방되어야 한다. 나는 강력하게 권한다. 제발 최초이자 가장 오래된 교통수단인 그대의 발을 애용하라! 철도역 종소리 때문에 피기도 전에 져 버린 사랑의 이별을 생각해보라. 울퉁불퉁한 교차로와 부서진 마차 스프링을 생각해보라. 짐을 강탈하다시피 하는 짐꾼들을 생각해보라. 말굽 편자도 착용하지 않아 감기에 걸린 말들을 생각해보라. 말들의 저린 다리와 마비된 발을 생각해보라. 잠시 내려서 30분쯤 즐거운 시간을 보내고 싶은 마음이 간절해도 그렇게 하지 못했던 경우를 생각해보라. 마차 여행의 이런 여러 문제를 생각해보라. 그러니 다음에 집을 떠날 때는 어깨에 배낭을 메고 손에 지팡이를 들고 모든 귀찮고 자질구레한 일은 완전히 버려둔 채 원하는 방식으로 가고 싶은 곳을 향해 떠나라. 여행이라는 세계에 속한 자유 시민이 되어라! 그렇게 독립적으로 되면 성취하지 못할 게 뭐 있겠는가? 그대가 즐기지 못할 즐거움이 뭐 있겠는가? 그대는 화가인가? 그렇다면 눈길을 끄는 곳 어디서든 멈추어 그림을 그릴 수 있다. 그대는 자선사업가인가? 그렇다면 어떤 오두막에라도 들어가 도움을 줄 수 있고, 지나가는 사람 누구에게나 말을 걸 수 있다. 그대는 식물학자나 지질학자인가? 그렇다면 어디든 마음 내키는 곳에서 나뭇잎이나 깨진 암석을 집어 들 수 있다. 그대는 몸이 약한가? 그렇다면 신선한 공기 속을 걸으며 자연의 소박한 처방으로 건강해질 것이다. 그대는 마음대로 빈둥거릴 수 있고, 그대의 계획을 열두 시간 내에 열두어 번 바꿀 수도 있다. 여관의 종업원에게 6시에 깨워달라고 하고 그가 노크를 한 다음 5분 후에 다시 잠들었다가 두 시간 후 일어나서 여행을 계속할 수도 있다. 그래도 비난할 사람이 아무도 없고 그대는 아주 만족스러울 것이다. 그대에게 시간표란 쓰레기 조각 외에 무엇이겠는가? 그대에게 "예약한 장소"란 암흑시대의 유물에 불과하지 않은가? 어쩌면 그대는 물집을 두려워할지도 모른다.

그렇다면 식초 물에 발을 적시고 10마일마다 양말을 갈아 신으면 된다. 그러고 나면 감쪽같이 물집이 사라져 있을 것이다! 배낭을 처음 메는 것이라면 5분 후 목 뒤쪽 근육이 아플 것이다. 그렇더라도 계속 걸으면 얼마 후 통증이 완전히 사라질 것이다. 처음 말을 탈 때의 고통을 어떻게 극복하는가? 말을 타고 또 타서 극복한다. 배낭을 멜 때의 고통도 마찬가지다. 자꾸 메다 보면 고통은 분명히 사라진다! 그래서 나는 말한다. 걸어라, 그러면 즐거워질 것이다. 걸어라, 그러면 건강해질 것이다. 걸어라, 그러면 너 자신의 주인이 될 것이다. 다시 말해, 즐기고 관찰하고 더 나아가기 위해 걸어라. 마차를 타고는 할 수 없는 일이잖나! 걸어라, 그러면 일에 얽매인 이 지상에서 얻을 수 있는 휴일의 즐거움을 가장 잘 보여주는 사람이 될 것이다.

나는 그동안 쓰지 않던 다리로 도보 여행을 하는 것에 대해 얼마든지 더 이야기할 수 있다. 하지만 날이 저물고 있다. 휘파람 같은 바람의 음악에 맞추어 어두운 저녁 구름이 서서히 하늘을 뒤덮고 있다. 우리는 길옆 강둑을 벗어나 낡은 다리를 지나 꾸불꾸불한 좁은 길을 계속 걸어 우리를 환대할 작은 여관에 들어가야 한다. 아주 상냥

한 여관 여주인이 우리를 환영하고 가장 아름다운 하인이 시중을 들어줄 것이다. 내일 루가 해변가의 작은 천국이 아니라면, 그때는 오늘 밤의 좋은 징조가 맞지 않았다고 생각하면 된다.

*Mark Twain*

# 마크 트웨인

*1835-1910*

미국의 소설가. 본명은 새뮤얼 랭혼 클레멘스다. 아버지가 일찍 세상을 떠난 탓에 제대로 된 학교 교육을 받지 못한 그는 도서관에서 독학으로 지식을 쌓았다. 미시시피강에서 뛰놀던 어린 시절과 몇 년간 수로 안내인으로 일한 경험이 이후 창작 활동에 큰 영향을 미쳤다. 《톰 소여의 모험》(1876)과 《허클베리 핀의 모험》(1885)의 작가로 이름을 떨쳤다. 또한 많은 여행기를 남기기도 했다. 《떠돌이, 해외로 나가다》(1880)는 자서전적 요소와 허구가 뒤섞인 풍자적 이야기로 1878년에 자신이 직접 경험한 독일, 스위스, 프랑스, 이탈리아 여행을 상세히 서술하고 있다. 트웨인은 이 여행기의 유쾌한 화자를 통해 전형적인 미국 여행자의 모습을 그려내며 풍자가 지닌 힘을 유감없이 보여준다. 이 책에 수록된 부분에서 화자는 대화 주제나 지식의 정도와는 상관없이, 걷기의 즐거움은 대화를 나누는 데 있다고 역설한다.

# 떠돌이, 해외로 나가다

### 23장

하루 안에 오페나우까지 걸어갈 수 있다는 사실에 우리는 만족했다. 오늘은 예배를 보는 날이기에, 우리는 이튿날 아침 식사 후 출발하기로 마음먹었다. 내리막길이었고 정말로 화창한 여름 날씨였다. 우리는 만보계를 차고 향긋한 아침 공기를 마음껏 마시며 갈라진 숲을 통해 편한 발걸음을 옮겼다. 오페나우까지 이렇게 계속 걷고 싶었고 걷고 또 걷고 싶을 뿐이었다.

도보 여행의 매력은 걷는 데 있거나 보는 풍광에 있는 것이 아니라 대화를 나누는 데에 있다. 걸을 때는 박자에 맞추어 혀를 움직이기 좋고, 걷기가 혈관과 두뇌를 자극해 활동적으로 만들어준다. 경치나 숲 내음이 저절로, 그리고 자기도 모르는 새, 눈과 영혼과 감각기관을 홀린 듯 위로해주기는 하지만, 최상의 즐거움은 역시 대화를 나눌 수 있다는 점이다. 명언이든 헛소리든 상관없이, 즐겁게 턱을 움직이며 수다를 떨고 이를 귀담아들으며 고개를 끄덕이는 것보다 더 즐거운 일은 없다.

그리고 하루 산책하며 두 사람이 무심코 나누는 이야기에서 얼마나 많은 다양한 주제를 다루는지 아는가! 어떤 제약도 없기에 화제는 항시 변하기 마련이고, 화제 하나를 가지고 피곤할 때까지 떠드는 법도 없다. 그날 아침 산책을 시작한 후 15분에서 20분 동안 우리는 알고 있는 모든 것에 대해 토론한 다음, 잘 알지 못하는 영역에 대해서도 즐거운 마음으로 자유롭게 끝도 없이 대화를 진행해나갔다.

*Rosa N. Carey*

# 로사 N. 캐리

*1840~1909*

영국의 소설가, 아동문학가. 다작으로 유명하며 총 마흔한 권의 소설을 출간했다. 그녀의 작품에 대한 평가는, 구식이고 진부하다는 의견과 어린 소녀들에게 건전한 교훈을 준다는 의견으로 갈리곤 한다. 《다른 소녀들과 다르게》(1884)는 상류층 세 자매의 이야기이다. 파산을 맞게 된 세 자매 필리스, 낸, 덜스는 의류 사업을 시작한다. 소설 제목처럼 당시 대중적인 견해와는 달랐지만, 작가는 상류층 계급 여자들도 필요하면 노동하는 것이 가능할 뿐 아니라 장려해야 한다고 보았다. 일하러 밖을 나다니는 것은 젊은 여자들의 행동이 엄격하게 규제되는 사회에서 오히려 이들만의 비밀 모임을 할 수 있는 좋은 구실이 된다. 수록된 글에서 젊은 연인 딕과 낸에게 산책은 단지 걷는 일만이 아니다. 걷기를 좋아하는 딕은 알프스에서 여름을 보내기로 한 계획을 반기지 않는다. 소박한 시골에서 낸과 매일 함께하던 산책을 할 수 없기 때문이다.

# 다른 소녀들과 다르게

## 2장. 딕이 산에 가는 걸 반대하다

"여느 때처럼 산책이나 하지요?" 필리스가 낸과 닉이 창가로 다가오자 말했다.

산책은 글렌가에서 보통 하는 일이었다. 안내해줄 사람이 나타나면 세 자매는 모자를 집어 들고는, 밤이슬이 내리든 빳빳한 하얀 옷을 입었든 상관하지 않고 딕의 호위를 받으며 조용한 마을을 지나 오르락내리락하며 시골길 산책에 나섰다. 항상 말하듯이, "상쾌한 공기를 마시려고" 나가는 것이다.

챌로너 부인이 생각하는 예절의 관점에서도 다른 사람도 아닌 딕의 호위하에 세 딸이 산책 나가는 것은 믿을 만한 것이었다. 하지만 최근 들어 조심스럽게나마 의구심이 들기 시작했다. 딕은 딕일 뿐이라는 필리스의 말은 옳지만, 어쨌든 딕은 챌로너 부인이 엄마로서 지켜야 할 집 안의 평화를 위협하는 어두운 침입자인 셈이었다. 딕도 이제는 다 자랐다. 풋내기 시절도 지나 갈색 콧수염을 소중히 가꾸면서 남성다움을 과시하는 데다 요즘 하는 행동도 뭔가 달라 보였다. 그래서인지 챌로너 부인은 밤 산책을 신뢰하지 않게 되었고 낸이 산책 나가려는 걸 막으려고 매번 이런저런 구실을 찾고 있었다.

'이번 한 번만이겠지. 별일 있으려고.' 매번 낮잠에 빠질 때마다 그녀는 혼자 중얼거렸다.

"엄마, 늦지 않을 테니, 표정 푸세요." 엄마의 눈가에 가볍게 입맞춤을 하며 딜스가 한마디 했다. 이 말은 이 집에서 늘 즐기는 거짓말 중 하나로, 별다른 악의 없는 거짓 가운데 하나였다.

딜스는 식사 후에 엄마가 평온하게 잠에 빠진다는 것도, 도로시가 찻잔을 들고 올 때 엄마는 그저 눈만 뜨고 있을 뿐이라는 것도 알고 있었다. 또한 이러한 습관을 남이 눈치채는 걸 정말 싫어한다는 것조차 알고 있었다. 엄마를 깨우지 않으려고 실내에서 머뭇거리며 나지막한 소리로 이야기하고 있으면 챌로너 부인은 비몽사몽간에도 대화에 끼어드는 특별한 재능이 있었다.

"너희 말에 난 찬성 못 한다." 엄마는 졸린 듯한 소리로 말하곤 했다. "도로시가 찻잔 들여올 때가 되지 않았니? 그리고 내가 알아듣게끔 좀 크게 말해. 반도 못 알아듣겠다."

"그저 실없는 얘기예요." 딜스가 대답하곤 했다. 자매들의 소곤대는 소리는 다시 계속되었고 딸들의 대화에 다시 낄 때까지 엄마는 쿠션에 기대어 졸았다.

"이렇게 산책 나올 날도 얼마 남지 않은 것 같아요." 마을을 빠져나오며 딕이 아쉬운 듯 한마디 했다. 긴 시골 길로 들어서자 신선한 공기가 느껴졌다. 목초지 너머로 안개가 낮게 깔려 있었다. 아직 깜깜할 정도는 아니었지만 조그만 달이 보였고 별도 한두 개 보였다. 방금 풀을 벤 듯한 향긋한 냄새도 풍겨왔다.

모두 어깨를 나란히 하고 발맞춰 걸었다. 한가운데 딕이, 바로 옆에 낸이 서 있었고 딜스는 언니의 팔에 매달려 걷고 있었다. 이따금 흥얼거리는 노랫가락이 들렸다.

"정말 부러워! 석 달 내내 스위스에서 지낼 수 있잖아! 딕은 복도 많아!" 필리스가 소리쳤다.

메인스 가족이 스위스 엥가딘에서 긴 휴가 기간을 보내기로 했기 때문이다. 간혹 낸도 같이 갈 수 있다는 얘기가 나오긴 했지만 챌로너 부인은 그런 초대를 별로 반기지 않았다. 메인스 부인도 더 이상 그 얘기를 꺼내지 않았다. 낸이 이 사실을 알기만 했어도 좋았을 것이다. 하지만 이 문제만큼은 챌로너 부인이 주장을 굽히지 않았다.

"나는 잘 모르겠어." 필리스의 말에 딕이 이의를 달았다. 그는 그저 반대하고 싶은 마음뿐이었다. "산이나 빙하는 그런대로 있겠지! 하지만 난 금세 돌아오고 싶은 마음이 들 거야. 여기 친구들과 함께 지내는 게 더 익숙하잖아. 아버지와 둘이 있는 건 좀 지루할 거야."

"창피한 줄 알아." 항상 딕의 말을 항상 주의 깊게 듣는 낸이 나지막이 말했다. 내심 딕이 왜 여름 휴양지를 맘에 안 들어 하는지 알고 있기 때문이었다.

*John Dyer*

# 존 다이어

*1699–1757*

영국의 시인. 웨일스 출신으로 화가이며 목사이기도 했다. 대표작은 묘사적이며 명상적인 시 〈그롱거 언덕〉(1726)으로, 시골을 회화적이며 고전적인 풍경으로 그려냈다. 〈시골 산책〉은 웨일스 지방 카마던셔의 그롱거 언덕에서 산책하는 모습을 기록한 시다. 주위 풍광을 묘사하는 문장에서 빛과 음영, 그리고 색감에 주목하는 화가로서의 그의 시선을 포착할 수 있다. 또한 고전문학에 대한 언급을 통해 산책자가 고대 그리스 신화의 주인공으로 탈바꿈하고, 그롱거 언덕 역시 헬리콘산으로 탈바꿈하는 것을 볼 수 있다. 고향의 풍경에서 느끼는 환희와 자부심은 훗날 윌리엄 워즈워스 같은 시인에게 영감을 주었다.

# 시골 산책

따스한 아침 햇살과 함께, 불그스레한 뺨을 붉히며
힘찬 태양이 떠오르네.
일찍 잠에서 깬 새들은 하늘을 날고,
태양을 깨우려 달콤하게 노래한다네.
이 멋진 날 나는
너른 들판에서 노닐기로 마음먹네.
머리 위로 탁 트인 하늘에는
신들이 거닐고 있고,
노란 헛간 앞에는
가지각색의 멋진 수탉들이 거들먹거리며,
빈 왕겨를 흩뿌리네.
암탉, 오리, 거위들이 새끼를 품고,
칠면조는 게걸스럽게 먹고 있네.

농부들은 알곡이 풍성한 바닥에서

곡식을 털며, 문 앞으로 모두를 불러들이네.

얼마나 볼만한 자연의 풍경인가!

오거스타! 먼지투성이 이마를 닦아요.

어둠에 묻힌 계곡과 빛나는 산들이

눈앞에 보이고, 나는

푸른 하늘과 은빛, 금빛 구름을 바라보네.

이제 들판으로 나서니,

활짝 핀 무수한 꽃들이 나를 맞고,

울타리들이 향기로운 인동덩굴 냄새를 풍기며 나를 반기네.

데이지꽃 깔린 초원으로 들자,

반짝이는 내 눈에

고요히 흐르는 시내가 들어오네.

느릿하게 즐거운 듯 흐르고 있네.

힘겹게 걷다가 즐거움을 맞듯이,

시골 젊은이가 지친 나머지 잠에 빠져 있네.

옆에는 종이가 펼쳐져 있고,

그 안에 건강한 음식이 담겨 있네. 행복한 젊은이여!

지체 높은 왕이나 왕자보다 더 행복한 이여!

왕관보다 달콤한 잠을

솜털처럼 안락한 바닥에서 즐기시게.

이제 태양이 정오의 기운을 뿜어대고,

내 주위로 타는 듯한 빛을 뿌리네.

좀 더 거닐다가,

숲 그늘 밑으로 들어가,

참나무 뿌리 위로 퍼져나간

녹색 이끼 위에 몸을 누이네.

사방이 적적한데, 숲속에서 즐거운 듯

웅얼거리는 냇물 소리가 들려오네.

잔가지 사이로 지저귀는 새들이

울어대며 적막감마저 흘리고 있네.

아! 위대한 적막감이여!

분주한 시인의 마음마저 정복하는 그대여!

시인의 상념도

아름다운 폭포 소리의 호출에 따라나서네.

사방이 고요하면 모습을 드러내는 두더지처럼

아무런 두려움 없이 떠올라,

여기저기 무리 지어 다니네.

어떤 상념은 아름다운 시의 샘을 보려고

급하게 파르나소스산으로 날아간다네.

노래하는 뮤즈는 모두 떠나고

아무도 없는 샘만 남아 있네

이따금 맹종하는 수사슴 한 마리만

더럽혀진 샘에서 놀고 있네.

어떤 상념은 환희에 찬 길을 쫓지만,

또 어떤 상념은 그 축복의 장을 지워버리고,

슬픔의 가시밭길에서 방황하며,

사라진 시신을 그리워하네.

제발 떠나지 마요─그녀의 노랫소리가 들리는 듯

하네.

얼마나 부드러운가! 너무나 달콤하고 청아하네!

하지만, 그건 그녀가 남기고 간 메아리일 뿐,

그녀의 노래가 아니라네.

어떤 상념은 야망을 꿈꾸네.

저 아래 입 벌리고 있는 심연이 보인다네.

누군가는 궁정을 기웃대다가, 그 안에서

아첨 떨며 눈치 보는 사람들을 보네.

하지만 별안간 무언가 내 눈과 귀를 두드리네,

재빠른 사슴이 뛰어오는 게 아닌가!

나뭇가지에서 바삭 소리가 나자,

어느새 사라져버렸다네. 일어나, 다시 거니네.

이제는 숲을 떠날 시간이 되었네.

해가 기울고 저녁 바람도

나무들 틈에서 속삭이기 시작하네.

숲속 어두움에서 벗어나

밝은 곳으로 나오자

오래된 나무에 기대 있는

연기가 피어오르는 한 노인의 거처가 보이네.

버드나무 담벼락에 가시 무성한 언덕배기,

그 아래 조그만 정원이 놓여 있네.

바닥에는 활짝 핀 꽃들이 펼쳐져 있고,

향기로운 풀이 깔끔하게 깔려 있네.

한 줄기 시냇물이 서서히 흐르면서

영원히 변치 않는 새파란 정원을 만드네.

노인이 삽질로 허덕대며

응달 아래서 양배추를 캐고 있네.

다 닳은 까만 갈색 바지에

백발이 된 머리와 수염을 기르고 있네.

이제는 남은 활력조차 식어가고

주름진 손과 얼굴만 보이네.

이제 힘을 내어 그롱거 언덕으로 간다네.

마침내 우거진 숲이 모습을 드러내네.

세상에나! 공기가 얼마나 신선하고 정갈한지!

여기서 잠시 쉬어가네.

여기가 어디지? 자연의 품속인가? 내 눈앞에

자연의 그림들이 펼쳐지네.

성당! 그리고 마을들! 그리고 첨탑들! 숲!

언덕! 계곡! 그리고 들판! 냇물!

물밀듯 내 눈앞에

헐벗은 황야와 메마른 들판이 보이네.

저 아래 쾌적한 마루터기를 보게.

시인의 자부심이자 쉴 곳일세.

새벽부터 저녁까지 햇살이 비춘다네.

메아리가 떠들어대는 숲을 보게나.

깔끔한 정원, 테라스 길,

황무지와 향기로운 내음 풍기는 덤불숲,

어두운 나무 그늘과 빛나는 호수,

신이시여, 이 소박한 자리를

영원토록 즐겁고 깔끔한

나만의 공간으로 지켜주소서!

가파르게 솟은 저 너머 언덕을 보게나.

서서히 흘러가는 깊은 강물 위로 펼쳐져 있지 않나.

무성한 숲 아래 감춰진 피라미드 같다네.

꼭대기로 드러나게 솟은 터가 보이네.

오래된 푸른 탑의 무너진 비탈은

저 아래 골짜기를 내려다보고 있네.

꽃이 만개한 저기 들판을 보게나.

목동 주위로 양 떼가 모여들어,

목동의 노래를 들으려 한다네!

아무 걱정 없이 다리를 틀고 앉아,

이끼 낀 둑에 기대어 있다네.

무심한 시간을 채우는 노랫소리는

깃털처럼 저 멀리 날아간다네.

저기 꽃이 만발한 초원을 보게나.

은빛 시내가 흐르고, 버드나무 아래 그늘진 곳

그 아래 낚시꾼이 서 있네.

손에 낚싯대를 쥐고,

입질하는 치어를 낚아챈다네.

지는 해가 얼굴을 붉히며

서서히 흘러가는 시냇물에 입 맞추고는,

저 언덕 너머로 희미하게 사라지네.

아니 어두운 구름이 막아선다네.

홀로 남겨진 들판에서 일하던 머슴이

지친 소들을 풀어놓고 있네.

소 울음소리에 산들이 울고,

저 아래 골짜기로 메아리쳐 울리네.

신이 난 목동들이 피리를 불며 내려오고,

양 떼를 우리로 몰고 있네.

이제 불을 지피자,

연기가 꼬불꼬불 소용돌이 모양으로 하늘로 오르네.

가벼운 마음으로 다들 집으로 향하고,

나는 애버글래즈니로 내려오네.

오호! 하지만 나 혼자 고독하게 거닐지 않고

클레이오 뮤즈와 함께 이 길을 걷는 그날이 오면

얼마나 좋을까.

*W. B. Yeats*

# W. B. 예이츠

*1865-1939*

아일랜드의 시인, 수필가, 극작가, 노벨 문학상 수상자이다. 20세기 영문학, 아일랜드 문학에서 영향력 있는 인물로 손꼽힌다. 어린 시절부터 신화 등 초월적 주제와 아일랜드적 정체성에 관심이 많았고 이후 그의 문학 성향에 큰 영향을 미쳤다. 시집 《갈대숲의 바람》 (1899)에 실린 〈방황하는 잉거스의 노래〉에서, 숲속에 있는 신화 속 인물인 잉거스 앞에 초자연적 존재가 나타난다. 이 시는 고대의 이교도적 신앙을 끌어들여 아일랜드의 정체성을 신화적 과거에 연계시키지만, 더 중요한 것은 정체성을 자연 풍경과도 연계시킨다는 점이다. 이 시는 원시적 시골풍의 켈트족 정체성에서 이끌어낸 아일랜드의 비전을 제시하는 동시에, '진정한 아일랜드는 발로 걸어봐야 알 수 있다'는 점을 부각시키고 있다.

# 방황하는 잉거스의 노래

머릿속에서 불이 타기에
나는 개암나무 숲으로 갔지.
개암나무 한 가지를 꺾어 껍질을 벗기고
줄을 걸어 딸기 하나를 매달았어.
흰 나방들이 날아다니고
나방 같은 별들이 깜빡일 때
나는 시냇물에 딸기를 담그고
작은 은빛 송어 한 마리를 낚았지.

그것을 마루 위에 놓고는
불을 피우러 갔었지.
그런데 마루 위에서 무언가 바스락대더니
누군가 내 이름을 불렀지.

그것은 머리에 사과꽃을 단

희미한 빛을 발하는 소녀가 되어

내 이름을 부르며 달아났지.

그리고 빛나는 대기 속으로 사라졌어.


나 비록 이제 늙어

골짜기와 언덕을

방황하고 있지만

그녀가 간 곳을 찾아내,

그녀의 입술에 입 맞추고 손을 잡고는

얼룩진 긴 초원을 따라 걸어보리.

그리고 시간이 다할 때까지 따볼 거야.

저 달의 은빛 사과를,

저 해의 금빛 사과를.

# 3장
# 걷는 존재들

Jane Austen
**제인 오스틴**

Elizabeth Barrett Browning
**엘리자베스 배럿 브라우닝**

Thomas Hardy
**토머스 하디**

Frances Burney
**프랜시스 버니**

Emily Brontë
**에밀리 브론테**

Ann Radcliffe
**앤 래드클리프**

Harriet Martineau
**해리엇 마티노**

George Eliot
**조지 엘리엇**

Frederick Douglass
**프레더릭 더글러스**

## *Jane Austen*
# 제인 오스틴
### *1775–1817*

영국의 소설가. 전 세계적으로 사랑받는 소설가인 제인 오스틴은 열두 살에 글쓰기를 시작해 20대에 이미 대표작의 초고 집필을 마쳤으며 30대에는 《이성과 감성》(1811), 《오만과 편견》(1813) 등을 익명으로 출간해 기록적인 인기를 끌었다. 현대에 와서도 그녀의 대표작들은 수차례 영화화되어 사랑받고 있다. 재기 발랄하고 섬세한 심리 묘사와 당시 영국 중·상류층 여성들의 삶을 풍자와 유머, 아이러니를 통해 드러내는 것이 특징이다. 《오만과 편견》에서 엘리자베스 베넷은 아픈 언니를 만나러 한참을 걸어간다. 주변 사람들은 점잖은 여성인 엘리자베스가 "이렇게 이른 시각에 날씨도 궂은데 혼자" 그 먼 길을 걸어왔다는 사실에 경악한다. 여기서 걷기는 상류사회와 숨 막히는 예법에 대한 강력한 반항이다.

# 오만과 편견

베넷 부인이 막 대답하려는데 하인이 베넷 양 앞으로 온 편지를 들고 들어왔다. 네더필드에서 온 편지로, 하인은 답장을 기다리고 있었다. 베넷 부인의 눈은 기쁨으로 빛났다. 딸이 편지를 읽는 동안 그녀는 다급하게 물었다.

"제인, 누가 보낸 거니? 무슨 내용이야? 그 사람이 뭐래? 빨리 우리에게도 이야기해주렴. 얘야, 빨리!"

"빙리 양이 보낸 거예요." 제인이 대답하고는 큰 소리로 읽었다.

친애하는 친구에게,

오늘 당신이 루이자와 나와 저녁 식사를 같이하는 호의를 베풀지 않는다면, 우리 둘은 평생 서로를 미워하게 될지도 몰라요. 두 여자가 하루 종일 얼굴을 맞대고 있다

보면 싸움으로 끝나기 마련이잖아요. 이 편지를 받는 대로 와주세요. 오빠와 신사분들은 장교들과 저녁 식사를 할 예정이고요.

당신의 벗, 캐럴라인 빙리

"장교들과 식사를 한다고!" 리디아가 소리쳤다. "왜 이모는 말씀을 안 하셨지?"

"신사들은 외식을 한단 말이지. 아주 운이 없네." 베넷 부인이 말했다.

"제가 마차를 써도 될까요?" 제인이 말했다.

"애야, 안 돼. 말을 타고 가는 게 낫겠어. 비가 올 것 같으니까, 그 집에서 하룻밤 묵어야 할 거야."

"참 탁월한 계략이네요. 그쪽에서 언니를 집으로 데려다주겠다고 제안하지 않을 게 확실하다면요." 엘리자베스가 말했다.

"아! 하지만 신사들이 메리턴에 가려면 빙리 씨 마차를 타야 할 거야. 허스트 씨네는 말이 없고."

"마차로 가는 게 낫겠어요."

"하지만 애야, 아버지에게 남는 말이 없단다. 여보, 말들은 다 농장에서 써야 하죠, 그렇죠?"

"농장에서야 내 소유 말보다 더 많은 말이 필요하지."

"하지만 오늘 농장에 쓸 말도 모자란다면," 엘리자베스가 말했다. "어머니 뜻대로 되겠네요."

마침내 엘리자베스는 아버지에게서 말은 모두 농장에서 써야 한다는 말을 듣게 되었다. 따라서 제인은 말을 타고 가야만 했다. 어머니는 문 앞까지 제인을 배웅하면서 날씨가 나쁠 것 같은 여러 징조를 즐겁게 이야기했다. 어머니 바람대로 되었다. 제인이 떠난 지 얼마 안 되어 폭우가 쏟아졌다. 동생들은 언니를 걱정했으나 어머니는 기뻐했다. 비는 저녁 내내 계속 내렸다. 제인이 돌아올 수 없는 건 확실했다.

"내가 그런 멋진 생각을 해내다니 정말 다행이야!" 베넷 부인은 비가 오게 된 것이 자기 덕분이라는 듯이 그 말을 몇 번이나 되풀이했다. 하지만 다음 날 오전이 되어서야 자신의 꾀가 진짜 큰 행운을 가져온 것을 알게 되었다. 아침 식사가 끝나기도 전에 네더필드의 하인이 엘리자베스에게 편지를 가지고 왔다.

사랑하는 리지야,

오늘 아침에 일어나보니 몸이 좋지 않아. 아마 어제 비를 많이 맞아서 그런 것 같아. 친구들은 다 낫기 전까지는 집으로 돌아갈 생각도 하지 말라고 해. 또 꼭 존스 씨에게 치료를 받아야 한다고 하고. 그러니 존스 씨가 왕진을 왔다는 말을 들어도 놀라지 마. 목이 아프고 두통이 좀 있을 뿐 큰 문제는 없단다.

제인

"자, 여보," 엘리자베스가 쪽지를 크게 읽자 베넷 씨가 말했다. "당신 딸 병이 악화되어 죽기라도 하면, 빙리를 잡으려고 하다가 그렇게 된 게 참 위안이 되겠소. 당신이 시킨 대로 하다 말이야."

"죽기는 누가 죽는다고 그래요. 그깟 가벼운 감기로 죽지는 않거든요. 친구들이 잘 돌봐줄 거예요. 거기 있는 동안 일이 다 잘 풀릴 거예요. 마차만 있으면 내가 직접 가서 개를 돌볼 텐데."

언니가 너무 걱정된 엘리자베스는 마차가 없어도 가기로 결심했다. 그녀는 말을 탈 줄 몰랐기 때문에 걸어갈 수밖에 없었다. 그녀가 자신의 결심을 말했다.

"넌 어쩜 그렇게 멍청하니? 이런 진창을 걸어갈 생각을 하다니! 그 집에 도착하면 네 꼴이 엉망진창일 텐데." 어머니가 소리쳤다.

"제인을 만나는 데는 문제없어요. 제가 원하는 건 제인을 보는 것뿐이에요."

"사람을 보내서 말을 가져오라는 뜻이냐, 리지?" 아버지가 물었다.

"정말 그런 뜻은 아니에요. 걸어갈 수 있어요. 목적이 있으면 거리는 상관없어요. 3마일밖에 안 되는걸요. 저녁식사 때까지는 돌아올게요."

"언니의 사려 깊은 행동은 대단해." 메리가 말했다. "하지만 충동은 늘 이성의 지시를 따라야 해. 꼭 필요한 일인지 따져보고 행동해. 내 의견은 그래."

"우리가 메리턴까지 함께 갈게."

캐서린과 리디아가 말했다. 엘리자베스가 동의해 세 자매가 함께 떠났다.

"서둘러 가면 아마 카터 대위가 떠나기 전에 잠깐 볼 수도 있을 거야." 걸어가며 리디아가 말했다.

그들은 메리턴에서 헤어졌다. 두 동생은 어느 장교 부인의 숙소로 갔고 엘리자베스 혼자 계속 걸어갔다. 빠른 걸음으로 들판을 가로지르며 얕은 계단을 뛰어 넘고 웅덩이가 나타나자 잽싸게 건넜다. 마침내 그 집이 보였다. 발목이 아프고 스타킹은 더럽혀진 데다 운동의 열기로 얼굴이 벌겋게 달아올라 있었다.

그녀는 아침 식사를 하고 있는 식당으로 안내되었다. 그곳에는 제인만 빼고 모두 모여 있었다. 그녀가 나타나자 다들 깜짝 놀랐다. 이렇게 이른 시각에 날씨도 궂은데 혼자 3마일을 걸어왔다는 걸 허스트 부인이나 빙리 양은 믿을 수가 없었다. 엘리자베스는 그 두 자매가 분명 자기를 경멸하리라고 생각했다. 하지만 두 자매는 아주 예의 바르게 그녀를 맞이했다. 자매의 오빠는 단지 예의 바른 것 이상이었다. 친절하고 기분 좋게 그녀를 맞이했다. 다시 씨는 말이 거의 없었고 허스트 씨는 아예 아무 말도 하지 않았다. 다시 씨는 운동으로 달아오른 그녀의 빛나는 얼굴에 감탄하면서도 다른 한편 이 먼 곳을 혼자 온 것이 과연 적절한 행동일까 의구심을 가졌다. 허스트 씨는 아침 식사 생각뿐이었다.

*Elizabeth Barrett Browning*

# 엘리자베스 배럿 브라우닝

*1806-1861*

영국의 시인. 빅토리아 시대 당시 독자에게 대단한 인기를 누렸다. 또한 인권 문제 및 여성 문제에 대해 진보적인 관점을 가진 것으로 유명했다. 1844년 《시》를 출간하며 영국에서 인기 작가의 대열에 들어섰다. 운문 소설 《오로라 리》(1856)는 가장 유명한 브라우닝 작품이다. 이 소설은 성차별적인 사회에서 예술적인 야망을 이루기 위해 투쟁하는 젊은 여성을 묘사하고 있다. 이 책에 수록된 부분은 저택 정원을 산책하면서 젊은 오로라 리가 행복에 도취되어 있는 모습을 포착한 것이다. 어린 시절 오로라가 진정으로 순수한 어린아이가 될 수 있던 유일한 공간이 야외 정원이었다.

# 오로라 리

그날 나는 즐거웠다,

유월은 내 마음속에 있었다. 수많은 나이팅게일이

모두 어둠 속에서 노래하고

갓 피어난 장미 봉우리는 더 붉어졌다.

나는 아주 젊고, 아주 강하고,

신앙이 확고했다!

너무나 즐거워서 현명함을 선택할 수 없었다!

그리고 스무 살이지만 어린 시절로 돌아가

유치하게 농담하는 기분으로

다시 그 시절을 보고 작별을 고하고 싶었다!

그런 환상적인 분위기에서 나는 아침 일찍,

보닛 줄을 낚아챌 시간조차 없이 빨리 나왔다,

하지만 이슬에 가운이 젖은 상태로

잔디밭을 가로질러 초록색 길을 지나

씩씩하게 아까시나무 덤불 사이로 갔다,

야외에서 환상을 맘껏 펼치고

내 생일을 축하하는데

아주머니가 깨워 꿈이 깼다.

꿀벌이 자기네끼리 윙윙대듯 나는 계속 중얼거렸다,

'가장 가치 있는 시인들이 죽어서

하얀 해골이 될 때까지 왕관을 쓰지 못한다.

그리고 내가 엄청난 고난을 겪고도

실패하지 않는 사람임을 증명하지 못하면

나 역시 틀림없이 그런 시인이 될 것이다.

그래서 내 이마가 단테의 이마처럼 마비되어

나뭇잎의 부드러운 자극을 못 느끼게 되기 전에

실제로 영광을 누리겠다는 뜻은 아니고

그 느낌을 알기 위해 장난으로

오늘 나뭇잎 관을 만들어 쓴들 어떠리?'

나는 여러 가지를 꺾어서 그중 고르려고 한다.

'아니 월계수는 아니다! 월계수는 선택하지 않는다.

(지나치게 대담하게 굴면 운명이 거부한다)

아니 도금양도 아니다—도금양은 사랑을 의미하
는데 사랑은

이렇게 이른 아침에 만지기에는 무서운 그 무엇이다.

버베나는 열정적으로 진한 향기를 내뿜는다.

그리고 아주 먼 곳에서 바람만 살짝 불어도

꽃처럼 생긴 불두화 열매가 흔들린다.

아 여기에 내가 선택한 담쟁이가 벽에 있다.

끝없이 뻗어나가는 담쟁이! 어떤 잎을 봐도

화관으로 적당하다는 생각이다. 큰 잎이든, 매끈한
잎이든,

포도 잎처럼 톱니가 있는 잎이든 반쯤은 초록색
잎이든.

나는 그런 담쟁이가 좋다, 대담하게 높이 뛰어올라

기어갈 만큼 강인하고 무덤 위에서 기르기도 좋고

바커스의 지팡이에 감기에도 좋고 예쁜 데다

빗에 감아도 (나쁘지 않다.)'


어떤 생각들은 닿기만 하면

소리가 나는 종처럼 울려 퍼져,

나는 반쯤 흥얼거리며 스스로에게 말한다.

나는 이슬에 흠뻑 젖은 화관을 쓰고, 이슬 때문에
눈이 보이지 않지만

머리 뒤에서 화관을 묶은 다음 얼굴을 돌려

나의 대중을 바라본다! 사촌인 로니를,

눈보다 두 배는 더 엄숙한 입을 지닌 로니를 바라
본다.

\*

대중은 명상의 대상으로 아주 좋다.

(우리가 아주 강할 때는) 아름다움에 대한 사랑으로

마음이 약해진 우리는 천박한 도시를 빠져나와

데이지꽃 듬성듬성 핀 들판에서 꽃의 숫자를 세고

순수하고 게으르게 쉬면서 언덕 사이로

조잘대며 흘러가는 시냇물 소리를 듣는다.

그렇지만 우리는 여전히 부드러운 애수에 휩싸여

부산스러운 세상을 빠져나와 인간 유충 상태로 죽
거나

우리에게서 나올 수 있는

최상의 것을 갈색 나방에게 남긴다.

나는 대담해질 것이고 만물을 창조한 신을 위해

당당하게 사물의 가장 어두운 면을 조사할 것이다.

*Thomas Hardy*

# 토머스 하디

*1840-1928*

영국의 소설가, 시인. 빅토리아 시대 사실주의를 대표하는 작가다. 그의 작품은 주로 초기 색슨 왕국의 이름인 웨식스를 빌려, 그 옛 영토이자 자신의 고향이기도 한 잉글랜드 남서부의 시골을 배경으로 한다. 영국의 농촌이 몰락하는 상황을 사실적으로 묘사했으며 개인의 삶과 투쟁에 초점을 맞추고 있다. 토머스 하디의 소설 《성난 군중으로부터 멀리》(1874)에서 뽑은 발췌문에서 독립적인 여주인공 밧세바 애버딘은 밤마다 자신의 소유지를 둘러본다. 그러다가 어둡고 후미진 곳에서 매력적인 군인 트로이를 만난다.

# 성난 군중으로부터 멀리

## 24장. 같은 날 밤—전나무 농장

밧세바는 토지관리인을 물리치고 본인 스스로 잠자리에 들기 전 밤새 다 안전하고 별 탈 없는지 살피는 집 주변 순찰이라는 특별한 일을 맡았다. 그녀보다 먼저 가브리엘이 거의 매일 저녁 계속 순찰했다. 가브리엘은 전문 경비원이 하는 수준으로 꼼꼼하게 밧세바의 집 주변을 살폈다. 그러나 그의 여주인은 그의 이런 다정한 헌신을 거의 알지 못했고 알고 있는 헌신에 대해서는 다소 배은망덕하다고 할 만한 태도로 받아들였다. 여자들은 하소연하다 변덕을 부리는 남자에 대해서는 전혀 지겨워하지 않으면서도 헌신하는 남자에 대해서는 냉담하게 대한다.

순찰에서는 본인의 모습이 안 보이는 것이 최선이라서 그녀는 보통 랜턴을 끈 채 들고 가다가 가끔 구석과 모퉁이를 살필 때만 불을 켰다. 그녀의 태도는 도시의 경찰처럼 차분했다. 이런 차분함은 겁이 없어서가 아니라 위험한 일이 없으리라고 확신해서였다. 그녀가 예상하는 가장 최악이라고 해봤자 말이 제대로 잠자리에 들지 않았거나, 닭들이 닭장에 들어가지 않은 일, 문이 제대로 잠겨 있지 않은 일 정도였다.

그날 밤에도 그녀는 여느 때와 마찬가지로 건물을 순찰하고 마구간에 딸린 방목장을 둘러보고 있는 중이었다. 고요를 깨뜨리는 소리라고는 지속적으로 우적우적 씹는 소리와 보이지 않는 코에서 나는 시끄러운 숨소리뿐이었다. 그 숨소리는 소가 내는 것 같은 씩씩대는 소리나 코 고는 소리로 끝났다. 그러고 나서 다시 우적우적 씹는 소리가 들렸다. 그때 그녀는 동굴 같은 흰색과 분홍색 콧구멍과, 익숙해지기 전까지는 감촉이 썩 유쾌하지 않은 코 주변의 끈적이는 콧물을 감지했다고 상상했다. 밧세바의 옷자락이 혀에 닿을 만큼 가까이 오면 소는 거기에 입을 대고 싶어 안달했다. 밧세바는 이런 것들을 눈으로 보는 것 이상으로 더욱더 날카롭게, 갈색 이마, 물끄러미 바라보는 적의 없는 소의 두 눈동자, 그리고 무엇보다 특히 초승달 모양의 하얀 뿔과 가끔씩 음매 하고 우는 소리로 미루어 이 모두가 데이지, 화이트 풋, 보니 래스, 졸리 오, 트윙클 아이의 이목구비와 몸통임을, 밧세바 소유인 데번 목장 소들임을 짐작했다.

집으로 돌아갈 때 그녀는 새로 난 전나무 사잇길로 갔다. 전나무는 집으로 북풍이 몰아치는 것을 막기 위해 몇 년 전에 심은 것이었다. 머리 위로 전나무 잎이 서로 엉켜 있어서 이 길은 구름이 없는 대낮에도 음침했다. 저녁이 되면 황혼이었고 해 질 녘에는 자정처럼 어두웠고 한밤중에는 이집트의 아홉 번째 재앙처럼 칠흑 같았다. 이 장소를 묘사하자면 자연스럽게 생겨난 저지대의 광대한 홀 같다고 할 수 있다. 가느다란 전나무의 싱싱한 기둥이 깃털 같은 지붕을 받치고 있었고 바닥에는 침 모양의 전나무 낙엽과 열매로 만들어진 부드러운 암갈색 카펫이 깔려 있었다. 이 카펫은 여기저기 마른 풀잎으로 테두리 장식이 되어 있었다.

이 길이 야간 순찰의 핵심이었다. 하지만 떠나기 전에 위험에 대해 거의 걱정하지 않았으므로 그녀는 동행 없이 혼자 왔다. 그녀가 시간이 지나가듯이 은밀하게 스쳐 가는데 길 끝 맞은편에서 사람 발소리 같은 것이 들렸다. 분명히 부스럭대는 발소리였다. 그녀는 눈송이처럼 가볍게 발을 옮기고 있었다. 그녀는 그 길이 공공 도로임을 기억하고 집으로 돌아가는 마을 사람이겠지 하고 안심하려고 했다. 사람이 다니는 길이고 바로 집 앞이었지만 가장 어두운 곳에서 사람을 만나는 것이 꺼림직하기는 했다.

그 소리는 점점 다가와 아주 가까워지더니 어떤 사람이 그녀 가까이 스쳐 가는 것 같았다. 그때 뭔가가 그녀의 치마를 끌어당겨서 땅에 닿은 치마가 꼼짝달싹하지 않았다. 순식간에 이런 일이 생기자 밧세바는 균형을 잃었다. 다시 일어날 때 그녀는 따스한 옷과 단추에 부딪혔다.

"아이고, 위험합니다!" 그녀 머리 위에서 남자 목소리가 들렸다. "저 때문에 다치셨습니까?"

"아니에요." 피하려고 하면서 밧세바가 말했다.

"어쩌죠, 우리 옷이 얽힌 것 같군요."

"그래요."

"여성이시오?"

"그래요."

"숙녀분이시냐고 물었어야 했나 봅니다."

"괜찮아요."

"저는 남자입니다."

"오!"

밧세바는 살짝 옷을 당겼으나 소용이 없었다.

"꺼진 랜턴을 가지고 계십니까? 그렇게 보이는군요." 남자가 말했다.

"그래요."

"허락해주시면, 제가 랜턴을 켜보겠습니다. 그러면 얽힌 걸 풀 수 있을 겁니다."

손 하나가 랜턴을 잡더니 랜턴 창을 열었고 그 속에 갇혀 있던 빛이 쏟아져 나왔다. 밧세바는 놀라서 주위를 둘러보았다.

그녀와 부딪친 남자는 청동 단추를 단 주홍색 군복을 입고 있었다. 군인이었다. 그가 갑자기 나타나자 마치 침묵 속에서 나팔 소리가 울려 퍼지는 것 같았다. 여태껏 수호신 역할을 하던 어둠은 랜턴 불빛으로 밝아졌다기보다 랜턴 빛을 받은 사람에 의해 가려졌다. 그녀는 검은 옷을 입은 무시무시한 사람이 나타나리라고 예상했는데, 예상과 전혀 다른 사람이 나타나자 마치 요정이 나타난 것 같은 효과가 있었다.

그녀의 치마 장식과 군인의 박차가 얽힌 게 확실했다. 그는 그녀의 얼굴을 보았다.

"곧 풀어드리겠습니다, 아가씨." 그가 이제 씩씩하게 말했다.

"아니에요. 제가 할 수 있어요. 고마워요." 그녀는 황급히 대답하고는 허리를 굽혀 얽힌 것을 풀려고 했다.

얽힌 옷을 푸는 일은 그리 만만치 않았다. 얼마 안 되는 사이에 박차와 치마 장식줄이 너무 얽혀서 풀려면 꽤 시간이 걸릴 것 같았다.

그도 몸을 구부렸고, 그들 사이의 땅에 놓인 랜턴이 뾰족한 전나무 잎과 축축하고 기다란 풀잎을 비추자 마치 반딧불 같았다. 위로 퍼진 랜턴 빛이 그들의 얼굴을 비추었고 거대한 남녀 그림자가 농장의 절반을 가렸다. 뒤틀린 어두운 그림자가 나무등치 위에서 서로 엉겨 무슨 모양인지 정확히 보이지 않았다.

그녀가 잠시 눈을 동그랗게 뜨자 그가 강렬하게 그녀의 눈 속을 바라보았다. 밧세바는 다시 아래를 내려다보았다. 그의 시선이 너무 강해서 무심히 받아들일 수 없었다. 하지만 곁눈질로 그가 젊고 날씬한 군인이라는 것과 소매에 갈매기 무늬가 세 개 있다는 것을 알아차렸다. 밧세바는 다시 치마를 당겼다.

"당신은 갇혔습니다, 아가씨. 눈을 깜박거려도 소용없습니다." 그 군인은 담담하게 말했다. "그렇게 급하시면 옷을 잘라내야겠습니다."

"네, 그렇게 해주세요!" 그녀는 무력하게 외쳤다.

"잠시만 기다리시면 됩니다." 그리고 그는 작은 바퀴에서 끈을 풀어냈다. 그녀는 손을 거두었지만, 우연인지 의도적으로 그랬는지 그의 손이 닿았다. 밧세바는 왜 그런지는 몰라도 당황했다.

그는 계속 얽힌 걸 풀었지만, 그 일은 끝이 안 날 것 같았다. 그녀가 다시 그를 바라보았다. "이렇게 아름다운 얼굴을 보게 해주셔서 감사합니다!" 불쑥 그가 말했다.

그녀는 당황해 얼굴을 붉혔다. "어쩔 수 없이 얼굴이 보인 거예요." 그녀는 딱딱하게 그리고 옴짝달싹 못 하는 상태에서 가능한 한 최고의 위엄을 갖춰서 대답했다. 그랬지만 그다지 위엄 있어 보이지는 않았다.

"그렇게 무례하게 말씀하시니 더 멋지십니다, 아가씨."

그가 말했다.

"당신이 여기로 침범해 들어와서 내 앞에 나타나지 않았으면 좋았을 텐데요. 그랬으면 정말 좋았을 텐데요!" 그녀는 치마를 끌어당겼고 치맛주름이 소인국의 총소리를 내며 뜯어졌다.

"나야 당신에게 비난받아 마땅하지만 당신처럼 예쁘고 착실한 아가씨가 왜 이렇게 남자를 싫어하십니까?"

"제발, 가던 길이나 가세요."

"아이고, 예쁜 아가씨, 나더러 아가씨를 끌고 가라는 거예요? 자, 보세요. 너무 얽혀 있어서 풀 수가 없군요."

"너무 뻔뻔하시네요. 일부러 나를 여기 붙잡아두려고 더 얽히게 하시는데요? 정말 그렇네요!"

"전혀 그렇지 않아요." 하사가 즐겁게 눈을 반짝이며 말했다.

"전 진지해요!" 그녀는 화를 내며 소리쳤다. "제발 이제 그만 풀어주세요! 이제 가게 해주세요!"

"물론 그렇게 해드려야죠, 아가씨. 나도 강철로 된 사람은 아닙니다." 그는 한숨이기는 하지만 장난기 가득한 한숨을 내쉬며 덧붙였다. "비록 내게 개뼈다귀처럼 던져

졌지만, 이 아름다움에 감사드립니다. 이 순간이 너무 빨리 지나가는군요!"

그녀는 입을 다물고 단호하게 침묵을 지켰다.

밧세바는 벗겨진 치마를 뒤에 남겨두는 위험을 무릅쓰고 대담하게 필사적으로 질주하면 자유로워질 수 있을까 하고 머리를 굴렸다. 생각만 해도 너무 끔찍했다. 이 드레스는 위풍당당하게 차려입는 만찬용으로 옷장의 앞자리를 차지하고 있는 가장 예쁜 옷이었다. 옷장의 어떤 옷보다 그녀에게 잘 어울렸다. 밧세바의 지위에 어리석지도 않고 하인을 부를 수 있는 거리에 있다면, 그런 값비싼 희생을 치르면서 저돌적인 군인에게서 도망칠 여성이 있겠는가?

*Frances Burney*

# 프랜시스 버니

*1752–1840*

영국 출신 소설가, 극작가. 제인 오스틴 등 후대의 여성 작가에게 영향을 미친 18세기 가정 소설가로 패니 버니라고도 불린다. 영국 귀족의 생활상을 드러내고 허세를 풍자했으며, 작품 안에서 여성의 주체성과 관련된 질문을 던지기도 했다. 지위 높은 여성의 소설 읽기가 제한되고 소설 쓰기가 금지돼 있던 시절 프랜시스 버니는 풍속 소설 장르의 이정표라 할 수 있는《이블리나》(1778)를 익명으로 출판했다. 14년에 걸쳐 완성한 그녀의 마지막 소설《방랑객 또는 여성의 어려움》(1814)은 빅토리아 시대의 한 여성이 경제적, 사회적으로 독립을 추구하는 과정에서 겪는 역경을 탐구한 작품이다. 미스터리한 방랑자인 주인공은 정체를 숨기면서도 세상으로 나가 자신의 길을 추구하려고 노력한다. 살아가면서 종종 좌절을 겪지만, 그녀는 계속 움직이면서 자신의 독립성을 유지한다.

# 방랑객 또는 여성의 어려움

### 7장

메이플 부인의 집은 루이스 마을의 바로 외곽에 있었다. 그녀는 도착한 다음 브라이트헬름스톤이 아직 8마일 떨어져 있다는 사실을 알았다. 즉시 그곳으로 떠나고 싶었지만 4시부터 어두워지기 시작하는 12월의 늦은 시간에 걸어서 갈 수는 없지 않은가? 여행의 동반자들은 그녀를 마당에 남겨두었고, 초대받지도 못한 그녀는 가정부 숙소로 따라 들어가고 싶었다. 안으로 들어가 그 연유를 말하고 죄송하다고 해야지, 하고 마음먹은 그 순간, 셀리나가 안으로 뛰어 들어왔다.

어린 데다가 성격도 좋아 보이기에 도움을 기대할 수 있으리라고 본 이 방랑객은 셀리나의 관심을 끌어 메이플 부인이 이튿날까지 자기를 이곳에 머물도록 해주게끔 도와달라고 간청했다. 셀리나는 그 즉시 방랑객의 부탁을 받아들이더니 안으로 들어가 계단 위 조그만 방에 이 여행 동반자의 잠자리를 마련해주라고 가정부에게 요청했다.

방랑객의 감사 인사에 기분이 좋아진 셀리나는 이내 조그만 방까지 따라 들어왔다. 셀리나는 편의 시설 및 다과에 대한 규칙을 알려주면서 그녀에게 은근한 호감을 품게 되었다. 셀리나는 저녁 내내 거의 30분마다 방랑객을 찾아왔다. 셀리나는 비밀로 해달라고 하면서 자기의 짧은 삶 동안 겪었던 온갖 얘기를 털어놓았다. 나중에는 가슴이 벅찬 듯, 머지않아 자기도 집을 갖게 될 것인데 그 집에서는 숙모인 메이플 부인도 자기 마음대로 할 수 없다고 속삭이듯 말했다. 그리고 한마디 더했다. "그땐 절 보러 오라고 부르게 될지도 모르죠!"

그러고는 아무도 나타나지 않았고, 방랑객도 조용한 밤을 지낼 수 있었다. 하지만 내일 아침 브라이트헬름스톤에 갈 일을 생각하니 마음이 편치 않았다. 마차도 없고 돈도 없는 데다가 그곳 도로 사정도 전혀 모르는 채 홀로 떠나야 하니 말이다.

다음 날 아침 늦은 햇살이 그녀를 깨우기도 전에 셀

리나가 쏜살같이 그녀의 방으로 들어왔다. "지난밤에 예쁜 옷을 입고 무대에 설 생각을 하느라 한숨도 못 잤어요. 저희끼리 무대를 올리기로 했거든요. 그래서 당신이 혹 그전에 떠날까 봐 말하러 왔어요."

그러고는 다른 말 한마디 없이 자기 대사만 읽어 내려갔다.

응접실에서 할리 씨와 아이어턴 씨, 메이플 부인의 식사를 준비하던 엘리너가 이 둘을 응접실로 불러들였다. "아가씨, 잘 잤어요? 어제저녁은 우리가 해치우려고 하는 희극 준비에 바빠서 아가씨를 잊고 있었네요."

"저야 그저 궁금해할 뿐이었어요." 한숨을 내쉬며 방랑객이 말했다. "생각해주셨다니 아무튼 감사드립니다."

"그런데 무슨 일 있어요? 왜 시무룩해 보여요? 고상한 용기는 어디 갔어요? 대체 뭘 하려고요? 계획이 있어요?"

"제가 브라이트헬름스톤에 갔을 때, 대체 누굴 만나게 될지, 어떤 일이 닥칠지……"

메이플 부인은 화까지 내면서 대체 누가 그녀를 응접실로 불렀느냐고 물었다. 당장 부엌으로 가라고 하며 원하는 건 하인들을 시켜 알려달라고 했다.

방랑객은 얼굴이 붉게 달아올랐지만, 그저 공손하게 대답하고는, 엘리너와 셀리나에게 베풀어준 호의에 감사를 표한 후, 자리를 떴다.

　　옆방으로 그녀를 따라 나온 셀리나와 엘리너는 어떻게 가려고 하는지 그녀에게 물었다.

　　방랑객이 할 수 있는 건 그저 걸어가는 것이었다.

　　"이런 날씨에 걸어가다니요? 그런 길을 어떻게?" 두 사람에 이어 할리 씨가 물었다.

　　"걸어서요?" 아이어턴 씨도 앞으로 나서며 물었다. "8마일이나요? 그것도 12월에요?"

　　"안 될 건 뭐예요?" 메이플 부인이 말했다. "걸어가지 않으면 몸은 뒀다가 어데 쓰게요? 대체 그놈의 발은 어데 쓰고?"

　　"가는 길은 제대로 알고 있어요?" 아이어턴 씨가 물었다.

　　"초행길입니다."

　　"하하! 즐거운 여행이 되겠네요! 그리고 돈은 어쩌고요? 도버에선가 잃어버렸다는 돈을 찾기라도 했나요?"

　　"아뇨!"

"첩첩산중이네요!" 아이어턴 씨가 웃으면서 소리쳤고, 한편으로는 지갑을 만지며 거실을 서성댔다.

할리 씨는 이미 사라지고 없었다.

"불쌍하기도 하지." 셀리나가 말했다. "우선 우리가 도와드려야겠어요."

"모금이라도 해보죠." 엘리너가 반 기니를 내놓으며 메이플 부인 눈치를 살폈다.

셀리나도 언니만큼 기쁜 마음으로 같은 금액을 내놓았다.

메이플 부인은 거실 문을 닫으라고 명령하듯 소리쳤다. 방랑객은 쑥스러워하면서도 기쁜 마음으로 그 돈을 받고는 꼭 갚겠다고 하며 고맙다는 말과 함께 자리를 떴다.

*Emily Brontë*

# 에밀리 브론테

*1818-1848*

영국의 소설가, 시인. 브론테 육 남매 중 다섯째로 태어났다. 언니인 샬럿 브론테와 막내 앤 브론테와 함께 시집을 출간하기도 했다. 《워더링 하이츠》(1847)는 그녀의 유일한 소설 작품으로, 영국 고전문학의 걸작으로 평가받는다. 등장인물 간의 격정적인 사랑을 뛰어난 심리묘사로 그려냈으며, 출간 당시에는 비윤리적이라는 비난을 받았지만 20세기에 재평가되었다. 소설 초입에서 "혼자 산책하는 데 취미를 붙인" 어린 주인공 캐시에게 산책은 스러시크로스 저택 부지 내로 한정되어 있다. 하지만 그녀는 황야를 탐험하고 싶어하고, 지평선 너머로 보이는 페니스톤 절벽에 마음을 빼앗긴다. 그 너머에서 캐시는 사촌 헤어턴과 히스클리프가 사는 워더링 하이츠 저택을 발견하게 된다. 발췌문에서 캐시는 아버지의 뜻을 거슬러 집 밖으로 나가고, 가정부인 넬리(엘렌 딘)가 그녀를 찾으러 워더링 하이츠를 방문한다. 소설에서 캐시와 히스클리프에게 황야라는 무대는 억압적인 두 집안으로부터의 도피처이다. 황야는 플롯의 전조 역할을 하는 동시에 초자연적인 힘을 품은 공간이자 캐시에게는 알 수 없는 야생의 감정이 끓어오르는 장소이기도 하다.

# 워더링 하이츠[*]

열세 살이 될 때까지 캐시 아가씨는 혼자 사냥터 숲 울타리 밖으로 나간 적이 없었어요. 특별한 경우에 린턴 씨가 아가씨를 데리고 한 1마일 정도 밖에 나간 적은 있어도, 다른 사람에게 아가씨를 맡기지 않았어요. 기머턴은 그저 말로만 듣던 지명일 뿐이고, 집 외에 아가씨가 가까이 가봤다거나 들어가본 건물은 교회뿐이었지요. 워더링 하이츠나 히스클리프 씨는 아예 존재하지도 않는 이름이었어요. 완전히 고립된 생활이었지만 아주 만족스럽게 지냈어요. 물론 창밖 시골 풍경을 보면서 이따금 이렇게 말하긴 했지요.

"엘렌, 저 언덕 꼭대기까지 걸어가려면 얼마나 걸릴

---

[*] 국내에는 《폭풍의 언덕》으로 알려졌다.

까? 저 너머엔 뭐가 있을까, 바다일까?"

"아가씨, 아녜요. 여기처럼 다시 언덕만 있어요." 전 이렇게 대답하곤 했어요.

"저 황금빛 바위를 밑에서 쳐다보면 대체 어떤 모습일까?" 한번은 이렇게 묻더군요.

페니스톤 절벽의 가파른 낭떠러지가 무엇보다 아가씨의 관심을 끌었는데, 석양빛이 절벽과 그 꼭대기에 비치고 옆 풍경들이 어둠 속에 잠겨 있을 때가 유달리 맘에 들었나 봅니다. 저는 절벽은 그저 바윗덩어리일 뿐이고 거기엔 왜소한 나무 한 그루 먹여 살릴 만한 흙도 없다고 했지요.

"그런데 여기가 저녁이 된 후에도 왜 그쪽은 오랫동안 계속 환한 거야?"

"여기보다 훨씬 높으니까 그렇지요." 제가 대답해주었어요. "거긴 너무 높고 가팔라서 올라갈 수도 없어요. 겨울에 서리가 내리기 훨씬 전부터 거긴 서리가 내려요. 그리고 북동쪽에 있는 어두운 골짜기에는 한여름에도 눈이 보인다니까요."

"어머, 엘렌은 거기 가봤구나!" 캐시 아가씨가 매우 기뻐하며 말했어요. "그럼 나도 크면 갈 수 있겠네. 엘렌,

아빠도 가봤을까?"

"아버님이 말씀해주시겠죠." 제가 허둥대며 답했어요. "그런데 거긴 가볼 가치가 없어요. 아버님과 같이 걷는 황야 들판이 훨씬 좋아요. 그리고 이 스러시크로스 숲이 세상에서 최고지요."

"하지만 이 숲은 다 알지만 거기는 내가 모르잖아." 아가씨가 혼잣말로 중얼거렸어요. "그 높은 곳에서 주위를 바라보면 얼마나 좋을까. 내 조랑말 미니가 언젠가는 날 태우고 갈 수 있겠지."

하녀 한 명이 아가씨에게 요정의 동굴에 대해 말해주는 바람에 캐시 아가씨는 절벽 방문 계획을 꼭 실천해보겠다는 마음을 품었습니다. 아가씨는 아버지를 계속 졸라댔고, 결국 린턴 씨는 좀 더 크면 가도 좋다고 허락해주었죠. 그런데 아가씨는 달수로 나이 계산을 할 정도로 가고 싶어 했고, "이제 페니스톤 절벽에 갈 만큼 컸지요?"라며 계속 묻곤 했습니다. 절벽 가는 길은 워더링 하이츠 가까이 지나가는 길이기에, 린턴 씨는 가고 싶어 하지 않았어요. 대답은 한결같았지요. "우리 귀염둥이 아가씨, 아직 안 돼요. 안 되고말고."

제가 앞서 히스클리프 부인이 남편에게서 도망친 후 열두 해 정도 살다 숨을 거두었다고 말했지요. 린턴가 사람들은 연약한 체질을 타고났답니다. 부인이나 오빠인 린턴 씨 모두 이 지역 사람다운 건강 체질이 아니었어요. 어떤 병 때문인지는 확실치 않지만 제 짐작에 둘 다 일종의 열병 때문에 숨을 거둔 게 아닌가 싶었어요. 서서히 시작되다가 치료도 안 되고 급작스럽게 삶을 마감하게 되는 병이죠.

이사벨라 아가씨는 오빠인 린턴 씨에게 편지를 보내 마지막 넉 달간 고통 속에 살다가 이제는 삶을 마감할 때가 되었다고 알려준 모양이에요. 마지막으로 여러 가지 정리할 게 있고 오빠와 마지막 작별 인사도 나누고 싶고, 특히 아들 녀석을 마음 편히 오빠에게 맡기고 싶다고 하면서 꼭 한 번 와달라고 부탁했나 봅니다. 그 애 아빠인 히스클리프는 애를 잘 먹이지도 가르치지도 않을 거라고 확신하고 있던 것 같아요.

주인어른은 즉시 동생에게 달려갔어요. 예삿일이라면 안 갔겠지만, 이번에는 동생의 부탁을 들어주기로 했습니다. 제게는 그동안 캐시 아가씨를 각별하게 잘 돌보라고 하시며 절대 숲 바깥으로 나가게 해서는 안 된다고 신신당부하셨지요. 제가 데리고 있다고 해도 절대 자기 없이 나가선 안 된다는 거였죠.

린턴 씨는 3주간 집을 비우셨어요. 처음 며칠 캐시 아가씨는 너무 슬펐는지 책을 읽거나 놀지도 않고, 서재 구석에 앉아만 지냈어요. 그렇게 조용히 지낼 때는 아무런 문제가 없었지요. 하지만 곧 따분해하고 짜증을 부리기 시작하더군요. 저는 너무 바쁜 데다가 나이가 들어서 그런지 뛰어다니면서 놀아줄 수는 없었어요. 그래서 아가씨 혼자 지낼 수 있는 방법을 생각해냈답니다.

캐시 아가씨 혼자 숲 여기저기를 다니게 한 거죠. 때로는 말을 타거나 때로는 걸어 다니게 했고 돌아오면 아가씨가 실제로 한 일이나 머릿속에서 상상한 이야기를 열심히 들어주는 역할을 하면서 아가씨를 만족시켰어요.

여름 햇살이 절정에 이른 때였어요. 캐시 아가씨는 혼자 산책하는 데 취미를 붙였는지 종종 아침부터 차 마실 시간까지 밖에 나가 있곤 했어요. 저녁 시간은 자기가 상상한 이야기들을 제게 말해주면서 보냈어요. 정문은 대개 잠겨 있었기에 저는 아가씨가 집 밖으로 나갈까 하는 걱

정은 안 했지요. 혹 열려 있다고 해도 혼자 나갈 엄두를
못 낼 거라고 생각했거든요.

불행하게도 근거 없는 자신감이었어요. 어느 날 아침
8시경 캐시 아가씨가 제게 와서는 그날은 자기가 아라비
아 상인이 되어 대상을 이끌고 사막을 건너간다고 하는
거예요. 그래서 말 한 마리와 낙타 세 마리, 그리고 자기
먹을 식량을 준비해달라고 하더군요. 낙타 세 마리는 큰
사냥개 한 마리와 포인터 두 마리로 대신한다는 거지요.

저는 맛있는 걸 듬뿍 마련해 바구니에 넣어 조랑말
안장 한쪽에다 걸어주었어요. 7월의 뜨거운 햇살을 피하
려고 챙 넓은 모자를 쓰고는 얇은 베일을 걸친 채, 아가
씨가 마치 요정처럼 사뿐히 말에 올라타더군요. 그러고는
달리지 말고 늦지 않게 돌아오라는 제 말을 비웃듯이, 재
빨리 말을 타고 떠났어요.

개구쟁이 아가씨는 차 마실 시간에도 돌아오지 않았
어요. 나이가 들어 편히 쉬기를 좋아하는 사냥개만 돌아
왔지요. 하지만 아가씨, 조랑말, 그리고 두 마리 포인터는
어디에도 안 보이는 거예요. 전 여기저기로 사람을 보내
아가씨의 행방을 수소문하다 결국 저도 찾으러 나섰지요.

사냥터 숲 근처 농장 울타리에 일꾼 한 사람이 있기에 혹시 아가씨를 봤느냐고 물어봤어요. "아침에 봤어요." 그 사람이 말하더군요. "나더러 개암나무 가지 하나를 쳐달라고 한 다음 조랑말을 타고 가장 나지막한 울타리를 넘더니, 그냥 사라졌어요."

그 말을 듣고 제가 어쨌을지 상상이 가시나요. 듣자마자 틀림없이 페니스톤 절벽으로 갔구나, 하는 생각이 떠올랐지요. "이 아가씨가 어쩌려고!" 저는 그 사람이 손질하고 있던 울타리 틈새로 빠져나와, 곧장 큰길로 나갔어요. 그러곤 확신하기라도 하듯이, 워더링 하이츠가 보일 때까지 몇 마일을 걸어갔어요. 마침내 길을 돌아 나가니 앞에 워더링 하이츠가 보이더군요. 하지만 근처에 아가씨 모습은 보이질 않았어요. 절벽은 저택을 지나 약 1마일 반 정도 더 가야 했지요. 저희 집에서 약 4마일 정도 되는 거리니까 혹시 거기 도착하기 전에 날이 어두워질까 봐 걱정이 앞섰습니다.

"바위를 올라가다가 혹 미끄러져 떨어져서 재수 없게 사망하거나 뼈라도 다치면 어쩌지?" 불안해 죽을 지경이었어요. 그런데 저택 옆을 막 지나가려는데 같이 갔던 두 마리 포인터 가운데 억센 녀석인 찰리가 머리통이 붓고 귓가에 피를 흘리면서 창가 아래에 누워 있는 게 보이는 거예요. 순간 안도의 한숨이 나오더라고요. 저는 쪽문을 열고 현관문으로 뛰어 들어가 들어가게 해달라고 문을 마구 두드렸어요. 그러자 안면이 있던 여자분이 나오더군요. 전에 기머턴에 살던 사람인데, 언쇼 씨가 돌아가신 후, 이 집 하인 일을 시작한 사람이에요.

"귀염둥이 아가씨를 찾으러 오셨군요? 걱정하지 마세요. 여기 잘 있습니다. 주인 나리가 아니라 다행이네요."

"주인께선 집에 안 계신 모양이지요?" 급히 걸어오느라 힘들고 놀라기도 해서 헐떡대며 제가 물었어요.

"네. 조지프랑 나갔어요. 곧 돌아올 때가 됐네요. 들어와 우선 좀 쉬세요."

들어가보니 길 잃은 어린 양이 벽난로 옆에서 자기 엄마가 어린 시절에 앉곤 했던 자그마한 흔들의자에 앉아 몸을 앞뒤로 흔들고 있더군요. 모자는 벽에 걸려 있었고 너무나 기분 좋은 모습으로 헤어턴과 웃고 떠들고 있는데, 더없이 편안해 보였어요. 헤어턴은 이제 열여덟 살이나 된 건장한 청년으로 자랐더군요. 호기심에 찬 놀란 눈초리로 아가씨를 보는 헤어턴은 쉬지 않고 떠들어대는 아가씨의 수다와 질문 공세를 전혀 알아듣지 못하는 듯 보였어요.

"좋아요, 아가씨!" 찾아서 기쁘긴 했지만, 짐짓 화난 표정으로 제가 소리를 질렀어요. "아버님이 돌아오실 때까지 이제부터는 말 타기 금지인 줄 아세요. 우리 말괄량이 아가씨, 이제부턴 문지방만 넘어간다고 해도 절대 안 믿을 거예요."

"어머나, 엘렌!" 캐시 아가씨가 의자에서 뛰어 내려와 제 옆으로 오며 명랑하게 말하더군요. "오늘 저녁에 해줄 이야기가 정말 많아. 그리고 어쨌든 날 잘 찾았잖아. 그런데 엘렌은 이 집에 와본 적이 있어?"

"얼른 모자부터 쓰고 집으로 돌아가요." 제가 말했어요. "캐시 아가씨, 아가씨 때문에 얼마나 겁나고 슬펐는지 몰라요. 정말 잘못한 거예요! 토라져서 울어봤자 소용없어요. 아가씨를 찾느라고 제가 사방을 헤맸는데 운다고 되겠어요? 아버님이 떠나시면서 아가씨를 잘 보살피라고 한 걸 생각해봐요. 그런데 몰래 빠져나가다니요! 여우같이 잔꾀나 부리는 아가씨 말을 이제 누가 믿겠어요."

*Ann Radcliffe*

# 앤 래드클리프

*1764–1823*

영국 소설가. 고딕 소설의 선구자이다. 초자연적 현상으로 보이는
사건을 합리적으로 설명하며 풀어내는 방식을 도입해 고딕 장르에
품위를 부여했다. 당시 독자와 비평가 모두에게 큰 인기를 끌었으
며 "로맨스 작가들의 셰익스피어"라는 찬사를 받기도 했다. 이 책에
는 래드클리프의 대표작이자 초기 고딕 소설의 전형으로 평가되는
《우돌포성의 비밀》(1794)에서 에밀리 생오베르가 맞닥뜨릴 수많은
미스터리와 이상한 일 가운데 하나를 처음 겪는 장면을 발췌했다.
에밀리는 산책을 하다가 서명 없는 사랑 시를 발견하게 된다. 여기
에서 산책은 일상생활을 벗어나 에덴과 같은 축복을 맛보는 일이
된다. 하지만 이야기가 진행되어 피레네산맥과 지중해까지 가게 되
면서 에밀리는 이런 탐험의 잠재적 위험을 깨닫는다. 산책자는 쉽
게 공포스럽고 초자연적인 장소에 발을 들이게 된다.

# 우돌포성의 비밀

　처음에 에밀리는 자연 속을 헤매는 것을 즐겼다. 그녀에게 가장 큰 기쁨을 준 것은 밝고 부드러운 풍경은 아니었다. 그녀는 산 아래 있는 야성적인 숲길이 더 좋았다. 그보다 더 좋은 것은 산속 후미진 곳에 있는 은신처였다. 그곳에 있으면 신성한 경외심이 일어 하늘의 신과 대지의 신을 찬양하게 되었다. 그녀는 종종 서쪽 하늘에서 마지막 한 줄기 빛이 사라질 때까지, 저녁의 고요를 뚫고 양을 부르는 종소리와 멀리 경비견의 짖는 소리가 들릴 때까지, 혼자 이 은신처에서 우울함의 매력에 사로잡혀 머무적대곤 했다. 이어 숲이 어두워지고 가끔씩 미풍에 나뭇잎이 흔들리고 황혼 속으로 박쥐는 날아가고 오두막 불빛이 깜박였다. 이런 환경에서 그녀의 정신은 활발해지고 시에 대한 열정이 되살아났다.

그녀가 가장 좋아하는 산책로는 생오베르 소유의 작은 낚시터 집으로 난 길이었다. 그 집은 피레네산맥으로 내려가는 계곡의 강가, 돌 사이로 물결이 치다가 조용히 산맥의 그림자 속으로 사라지는 강가에 있는 숲속 빈터에 자리 잡고 있었다. 이 빈터에 도착하기 전 오솔길을 걷다 보면 숲 위로 당당하게 높이 솟은 피레네산맥의 정상이 보였다. 때로는 야생 관목에 뒤덮인 비바람에 닳은 바위와 절벽 끝에 자리 잡은 양치기의 오두막이 보였다. 짙은 색 사이프러스 나무 아래 있는 오두막 굴뚝에서는 가끔 연기가 나오기도 했다. 오솔길을 따라 숲속 깊이 들어서면 멀리까지 풍경이 보였다. 가스코뉴*의 풍요로운 목초지와 포도밭은 평지 쪽으로 경사져 있었다. 거기 구불구불한 가론강 기슭에 관목과 촌락과 별장들이 있었다. 멀리서 보면 이것들의 부드러운 윤곽이 녹아버려 조화롭고 풍부한 하나의 색으로 보였다.

이곳은 생오베르가 가장 사랑하는 휴양지였다. 그 역시 정오의 열기를 피해 책을 들고 아내와 딸과 함께 자주

---

\* 프랑스 남서부 지방으로, 백년전쟁의 주 무대였다.

이곳에 왔다. 또는 달콤한 저녁 시간에 이곳에 와 고요한 황혼을 맞이하거나 나이팅게일의 음악을 들었다. 때로는 자기 악기를 가져와 부드러운 오보에 소리가 숲에 메아리치기도 했다. 그리고 종종 떨리는 에밀리의 노랫소리가 강 위로 퍼지면 물결 소리조차 달콤하게 들렸다.

이곳으로 소풍을 온 어느 날 에밀리는 굽도리널에 연필로 쓰인 다음과 같은 소네트를 발견했다.


소네트


가라, 연필아! 주인의 한숨을 잘 들은 다음
가서 여신에게 요정이 나타난 장면을 이야기해다오
그녀가 가벼운 발걸음으로 구불구불한 초록 숲길을 걸어갈 때,
주인이 흘렸던 눈물에 대해, 사랑의 슬픔에 대해 모두 말해다오.


아! 그녀를 그려다오, 그녀의 모습, 영혼이 빛나는 눈,
사색에 잠긴 달콤한 표정, 가벼운 미소,

생기 넘치는 우아함을 ―

초상화가 연인의 목소리를 잘 전달해주리.


초상화는 그가 무엇을 느꼈는지 그가 무엇을 말하는지

전달해주리라

하지만 아! 그의 마음의 슬픔을 모두 전달해서는 안 된다!

얼마나 자주 비단 같은 꽃잎이 생명의 불꽃을 꺼트리는

독약을 감추고 있는가!


그 천사 같은 미소를 바라본 사람은,

그 매력을 두려워하고, 그 미소를 기만이라고 생각하리!


어떤 특정인에게 바쳐진 시는 아니었다. 그러므로 에
밀리가 이런 숲의 요정인 것은 틀림없지만, 자신을 향한
시라고는 생각할 수 없었다. 얼마 안 되는 주변 사람을 떠
올려보았지만 이 시의 대상으로 의심할 만한 사람은 없었
다. 그래서 도무지 누구에게 바친 시인지 알 수 없었다. 그
녀보다 한가한 사람이라면 이 시를 읽은 다음 더 고통스
러웠을 것이다. 하지만 그녀의 경우 이 상황을 처음에 대

수롭지 않게 여겼고 자꾸 상기해 아주 중요한 일로 여길 여유는 없었다. 작은 허영심(자신이 소네트에 영감을 준 사람임을 확신할 수 없지만, 또 자신이 아니라는 보장도 없었다)은 사라졌고, 책을 읽고 연구하고 자선 활동을 하느라 이 사건은 뇌리에서 지워졌다.

*Harriet Martineau*

# 해리엇 마티노

*1802–1876*

영국의 소설가, 수필가, 언론인. 19세기 영국을 대표하는 지식인으로 경제평론가이자 영국 여성 최초의 사회학자이기도 하다. 빅토리아 시대에, 남성 학자들이 장악한 정치경제 분야에서 독보적 입지를 확보한 마티노는 짧은 일화로 경제학을 설명한 《정치경제의 실례》(1832)로 유명해졌다. 그녀는 열두 살에 청력을 거의 잃었으나 페미니스트로서 여러 곳을 자유로이 여행했으며 그 경험을 《서부 여행의 회상》(1838) 등의 저서에 기록했다. 마티노의 소설 《디어브룩》(1838)의 주인공 마거릿이 동네 소문이 오르내리는 대화를 피하고자 시골길을 걷는 장면에는 마거릿과 여동생 헤스터의 낭만적 관점이 집약적으로 잘 드러난다. 이 발췌문에서, 영리하고 재치 있는 마거릿은 얼음 위를 걷다가 넘어져 강에 빠진다. 어이없을 정도로 희극적으로 이 사건에서 회복되는 모습을 통해 작가는 마거릿을 물리적인 난관 앞에서 유능하고 씩씩하고 강인한 여성 인물로 그리고 있다.

# 디어브룩

얼마 동안 마거릿은 불행한 사람들이 너무나 잘 아는 방법, 즉 육체적인 일을 해 정신적인 괴로움을 잊는 방법을 사용했다. 이제는 그레이 부인과 나란히 걷는 것보다 더 활동적인 일을 하고 싶었다. 듣지 않아도 다 아는 말을 더 이상 듣고 싶지 않았다. 롤랜드 부인에 대한 그레이 부인의 생각과 그레이 부인에 대한 롤랜드 부인의 생각은 그들을 아는 사람이라면 모두 다 아는 뻔한 것이었다. 헤스터와 마거릿은 이런 유의 말이 오가는 동안 다른 생각을 하다가 그 말이 끝나면 다시 주목하는 요령을 터득했다. 마거릿은 그런 자리를 피해 시드니와 함께 빙판으로 왔다.

"왜, 마거릿, 얼음 위를 걷는 게 무서워?" 시드니가 발뒤꿈치로 균형을 잡으면서 소리쳤다. 호프 씨가 그들 곁을 지나가자 시드니가 소리쳤다. "호프 씨, 어떻게 생각하세요? 마거릿이 얼음 위를 걷는 게 무섭다고 하는데요!"

"마거릿 양은 무슨 일이 일어날 수 있다고 생각하는데요?" 호프 씨가 물었다. 그는 이 말을 마지막으로 남기고 멀리 사라졌다.

"시드니 오빠, 얼음이 잿빛이에요. 투명하긴 한데 안쪽은 깜깜해요."

"에이, 얼음은 충분히 두꺼워서 한참 더 가도 안 빠져."

"하지만 너무 미끄러운데요!"

"뭐라고? 얼음에 뭘 기대하는 거야? 넘어지면 다시 일어나면 돼. 난 오늘 아침 세 번이나 넘어졌는걸."

"아, 좀 안심이 되네요. 어떤 길로 걸어갈까요?"

"아, 아무 데나 다 좋아. 강 건너 맞은편 강둑으로 가는 것도 괜찮을 거야. 내년 여름에 우리가 배를 타고 여기로 오면 바로 이곳을 걸은 기억이 날 거야."

"맞아요." 마거릿이 말했다. "소피아가 간다면 나도 갈게요."

"그들에게 물어봐야 소용없어. 입술과 코가 새파래질 때까지 멍하니 서서 바라보기만 할걸. 이 재미있는 걸 절대로 하지 않을 거야." 시드니가 말했다.

"먼저 저 기둥까지 가볼게요. 눈을 쓸어내 얼음이 잿빛이고 미끄럽지만 괜찮아요." 마거릿이 말했다.

"저 기둥이라고!" 시드니가 말했다. "하필이면 저 기둥까지 가려고? 그 기둥은 일부러 출입금지 표시로 세워놓은 거야. 기둥 주변에 얼음이 부서져 있는 게 안 보이니? 오늘 보니 정말 소심한 데다 어리석네. 겨울마다 버밍엄에서 보내 얼음 위를 걸어본 적이 없어서 그런가 보다."

"드디어 아셨네요. 자, 보세요. 진짜로 가요. 정말 무서운데요!" 그녀는 투명한 빙판 위에서 조심스럽게 한 발을 내디디면서 외쳤다. 스케이트로 얼음이 많이 갈려 있는 강 중심에 이르렀을 즈음에는 더 잘 걷게 되었다.

"발을 보지 않고 걸으면 더 멋지게 걸을 수 있을 거야. 맞은편에 있는 사람들과 나무를 보고 걸어보렴." 시드니가 말했다.

"구멍에 빠지면 어떻게 해요?"

"구멍은 없어. 전혀 없으니까 나를 믿어. 왜 그렇게 겁을 내? 얼음은 늘 여기저기 금이 가 있기 마련이야. 너 총 맞은 사람처럼 보여."

"맞아요. 하지만 시드니 오빠, 우리 양쪽 강둑 모두에서 멀리 떨어진 곳으로 왔어요." 그녀가 웃으면서 말했다.

"그래, 일부러 멀리 온 거야."

마거릿은 겁에 질려 주위를 둘러보았다. 어렴풋이 한 가지 생각이 뇌리를 스쳤다. 엉겁결에 사고로 익사한다면 아주 다행일 것 같다는 생각이었다. 하지만 그녀는 그 생각을 거의 의식하지 못한 상태에서 계속 앞으로 나갔다.

호프 씨가 강을 거슬러 올라와 휙 지나가며 외쳤다. "이제 잘 걷는군요."

곧 시드니가 말했다. "강둑까지는 너무 가까우니 나는 저 위까지 올라갔다가 다시 돌아올게. 그리고 같이 강둑으로 돌아가자. 그리고 나서 호프 씨가 안전하게 돌아온 것을 보고도 헤스터가 여전히 겁내는지 보자."

헤스터는 이런 일을 못 볼 운명이었다. 무지한 마거릿은 얼음의 잿빛이 가장 연한 곳을 선호했다. 그리고 혼자 있게 되자 안 미끄러워 보이는 곳으로 갔다. 아무도 그녀를 지켜보지 않았다. 마거릿은 미끄러졌다가 곧 일어났다. 그녀는 다시 미끄러졌고, 밑에서 얼음 갈라지는 소리가 들렸다. 그녀가 일어나려고 할 때마다 너무 미끄러워서 일어설 수가 없었다. 발아래 구멍에서 솟아나온 차가운 물이 그녀를 덮쳤고 그녀는 가라앉고 있었다. 마거릿이 구멍 가장자리를 잡았지만 부서졌다. 사방에서 차가운 물이 덮칠 때 둑에서 비명 지르는 소리가 들렸고, 자신보다 무거운 얼음이 짓누르는 것을 느꼈다. 한 가지 기쁨을 주는 생각이 떠올랐다. "이제 곧 끝날 거야." 기억나는 건 여기까지였다.

2분이 지나자 마거릿은 다시 숨을 쉬었다. 그녀는 강둑에 앉아 자신의 옷을 짜는 걸 돕고 있었다. 그 2분 동안 얼마나 많은 일이 생겼는가! 호프 씨는 다시 강 위쪽으로 왔을 때 강둑에서 벌어진 소란을 보았고 스케이트를 벗고 도와주려고 했다. 그는 다른 사람들과 함께 달려가 짙은 파란색 옷이 수면 위로 막 떠올랐을 때 도착했다. 이어서 물이 뚝뚝 떨어지는 털목도리와 보닛이 그의 눈앞에 나타나 누구인지를 알려주었다. 그는 자신의 얼굴을 손으로 가렸다. 그가 반쯤 고통을 숨겼지만 너무 괴로워하자 옆 사람이 말했다. "너무 걱정 마세요. 물에 빠지자마자 곧바로 끌어올렸으니까 곧 회복될 거예요. 분명히 그럴 거예요." 호프 씨는 강둑으로 뛰어올라 가서 물에서 그녀를 끌어 올린 사람에게서 그녀를 받았다. 그녀가 처음으로 기억하는 것은 "오 하느님! 나의 마거릿!"이라고 하는 아주 작은 목소리였다. 이어서 신음 소리를 들었다. 아니 오히려 느꼈다. 그러고 나서 따스한 여러 사람의 손길이 바삐 머리에 닿는 것을 느꼈다. 그 손들은 그녀의 보닛을 벗기고 머리를 가지런히 매만지고 이마를 문질렀다. 그녀는 "아, 이런!" 하면서 한숨을 내쉬는 그 부드러운 신음 소리를 다시 들었다. 그 순간 그녀는 일어나서 얼굴에 경련을 일으키고 있는 호프 씨와 하얗게 질린 채 굳어 서 있는 시드니 오빠를 보았다.

"내가 결코 용서받을 수 없는 죄를 저질렀어." 그녀는 시드니가 외치는 소리를 들었다.

"전 괜찮아요." 마거릿이 말했다. 그녀는 이 사건의 모든 정황을 기억하고 있었다. "날씨가 아주 따뜻하네요. 내 보닛을 주세요. 집까지 걸어갈 수 있어요."

*George Eliot*

# 조지 엘리엇

*1819–1880*

영국의 소설가, 시인. 언론인이며 문학평론가, 번역가이기도 하다. 빅토리아 시대 영국을 대표하는 작가 조지 엘리엇의 본명은 메리 앤 에번스로, 편집자와 비평가로서 이미 알려진 자신과 자신의 소설이 분리되어 평가받기를 원해 필명을 사용했다. 그녀의 사실주의 소설은 현대 소설의 특징인 인간 내면에 대한 날카로운 심리적 통찰을 한발 앞서 선보였다는 평가를 받고 있다. 대표작 《미들마치》 (1872)에서 조지 엘리엇은 주인공 도러시아 브룩이 숲을 걸으며 자기의 미래에 대해 심사숙고하는 장면을 통해 그녀의 내적, 외적 세계를 교묘하게 엮어내고 있다. 밖에서 산책하는 동안 그녀는 미들마치 마을 사람들의 기대와는 동떨어진 곳으로 들어간다. 발췌된 글에서 금욕적인 생활을 하는 도러시아는 숲속의 사색을 통해 근엄하고 나이 많은 학자 커소번과 연루되는 불행한 인생 항로를 선택하게 된다.

# 미들마치

커소번 씨가 팁턴에서 5마일 떨어져 있는 로윅의 사
제관으로 떠난 것은 가을바람이 부는 화창한 오후 3시였
다. 보닛을 쓰고 숄을 걸친 도로시아는 서둘러 관목 숲을
따라 걷다가 정원을 가로질렀다. 젊은 귀부인들이 산책 나
가면 항상 따라다니며 옆을 지키는 세인트버나드 몽크 말
고는 아무도 동행하는 사람이 없기에 홀로 경계선 주변
숲을 거닐 생각이었다. 그녀 앞에는 소녀가 품은 가능한
미래의 모습이 기대감에 찬 모습으로 펼쳐졌고, 그녀는 아
무런 방해 없이 펼쳐지는 미래의 모습 속에서 거닐고 싶었
다. 맑은 공기 속에서 가볍게 발걸음을 옮길 때 뺨에는 홍
조가 피어올랐고, 밀짚 보닛(오늘날 사람들은 아마도 낡아빠진
바구니 정도로 여기며 호기심을 갖고 볼 정도인)은 약간 뒤로 처
졌다. 바짝 땋은 후 뒤에서 말아놓은 갈색 머리는 그녀를

드러내는 대표적 특징이었다. 그 덕에 그녀의 두상 윤곽이 노골적으로 드러났다. 당시의 보통 여성이라면 빈약한 머릿결을 감추기 위해 피지 사람들만큼은 아니지만 꼬불꼬불한 머릿결을 높이 세우든가 나비 매듭 모양으로 부풀리든가 했었다. 그리고 바로 그런 특성이 브룩 양이 보여주는 금욕주의적인 면이었다. 하지만 그녀의 눈에는 이런 금욕적인 것이 전혀 드러나지 않았다. 밝게 빛나는 큰 눈은 앞을 보기보다는 강렬한 기운으로, 멀리 줄지어 서 있고 서로 그림자가 겹쳐 보이는 라임 나무 사이로 길게 늘어진 오후의 햇빛이 지닌 장엄함을 응시하고 있었다.

빛나는 눈과 불그스레한 뺨을 사랑에 눈뜬 젊은이의 모습이라고 한다면, 나이가 많든 적든 아마도 모든 사람(선거법 개정 이전의 사람들)이 그녀에게 흥미를 느꼈을 것이다. 시를 통해 충분히 신성시된 클로이에 대한 스트레폰의 망상에 가까운 사랑이 그러하듯이,* 사람들은 마음에서 배어나는 모든 애처로운 사랑을 우러러보게 마련이다. 또한 절대로 식지 않는 끝없는 우정과 사랑을 꿈꾸는 총

---

*    조너선 스위프트의 시 〈스트레폰과 클로이〉(1734)에 클로이에 대한 망상에 가까운 사랑에서 벗어나 현실을 깨닫는 내용이 있다.

각과 처녀의 사랑 이야기는 우리 부모가 즐겨 보던 한 편의 드라마로 복장만 바뀌었을 뿐 계속 이어져 내려왔다. 허리가 짧은 연미복을 입어도 그럴듯한 모습의 총각이라면 그의 미덕과 특별한 능력 그리고 무엇보다도 완전한 진실성을 알아보는 것이 완벽한 여성으로서 아가씨가 할 당연한 일이자 필요한 일이라고 보았기 때문이다. 하지만 당시 살았던 사람들 가운데 결혼에 대한 젊은 여자의 생각이 고상하게 인생의 목적에 대해 열중한다거나 인생 그 자체의 불꽃으로 고양되는 삶 등으로 채색되어 있는 것을 이해하는 사람은 없었을 것이다. 적어도 팁턴 인근에는 그런 사람이 아예 없었다. 하물며 혼숫감이나 접시 문양은 커녕 꽃다운 처녀가 느낄 명예나 달콤한 즐거움에 대한 생각이 전혀 없다면 말이다.

도러시아는 커소번 씨가 자기와 결혼하기를 바랄 거라는 생각이 들었다. 결혼을 원한다는 생각에 감동받은 그녀는 일종의 존경심 어린 고마움까지 느꼈다. 얼마나 고마운 일인가. 어쩌면 날개 달린 메신저가 그녀의 옆에 서서 그의 손을 잡아 이끈 게 아닌가 생각될 정도였다! 한동안 그녀는 어떻게 해야 인생을 더 의미 있게 만들지에 대해 마음을 정하지 못한 채, 마치 짙은 여름 안개 속에 있는 것처럼 불확실한 상태에서 지냈다. 대체 무엇을 어떻게 하지? 이제 막 봉우리가 여문 여인에 불과했지만, 이리저리 씹어대고 돌아다니는 변덕스러운 생쥐 같은 소녀적 취향에 만족하지 않으려는 적극적인 사고방식과 엄청난 정신적 욕구가 그녀의 마음에 있었다. 조금이라도 어리석거나 자만심이 있었다면, 돈 많은 독실한 기독교 귀부인으로서 마을 자선 행사를 맡고, 가난한 목회자를 후원하면서 《구약성서》의 사라나 《신약성서》의 도르가의 비밀스러운 체험을 보여준 '성경의 여자 인물들'을 꼼꼼히 살펴보고, 자기 방에서 수를 놓으면서 마음을 다스리는 삶을 생각했을 것이다. 이런 삶에는 물론 한 남자와 결혼한다는 배경이 있어야 한다. 게다가 남편은 자신보다 엄격하지는 않지만, 종교적으로 설명할 수 없는 일을 하고 있기에 그를 위해 항상 기도하고 주기적으로 그를 독려해야만 한다. 하지만 도러시아는 이런 식의 안락함과는 거리가 멀었다. 그녀의 종교적 취향이 아무리 강렬하고 삶을 이끈다고 해도, 열정 넘치는 도러시아의 이론적이고 지적인 일면에 지나지 않았다. 그런 성미인 여자가 미로처럼 얽힌 하찮은 뒷길 같은 세상 생활에 끼어 속 좁은 견해 가운데 버둥대는 모습, 아니 탈출구 없는 좁은 미로에 갇혀 지내는 모습은 남들이 보기에 과장되고 앞뒤가 안 맞아 보일 것이 뻔했다. 그녀는 자기가 최선으로 여기는 것을 완벽한 지식으로 정당화하기를 바랐고, 기반이 없는 규칙을 그저 인정하면서 살고 싶지 않았다. 영혼을 향한 그녀의 젊은 열정은 이런 갈증을 축였다. 그녀에게 매력적인 결혼이란 그녀를 소녀다운 무지에서 벗어나게 하는 것이며 그녀를 원대한 여정으로 이끌 수 있는 인도자에게 스스로 안내하는 것이었다.

"그러면 모든 것을 배우게 되겠지." 그녀는 숲속을 지나 잰걸음으로 마찻길을 걸으며 혼자 중얼거렸다. "열심히 공부해서 그 사람이 큰일을 더 잘할 수 있게 도와줘야지. 우리 삶에서 하찮은 것은 없을 것이고 매사가 위대한 일을 의미하게 될 거야. 파스칼하고 결혼하는 셈이 되는 거지. 위대한 사람들이 진리를 바라본 그 빛으로 나도 진리를 보게 될 거야. 그리고 내가 나이 들었을 때 무엇을 할지 알아야 해. 지금 이 땅 영국에서 어떻게 위대한 삶을 추구할 수 있을지 알아야만 해. 지금은 무엇이 선을 행하는 건지 잘 모르겠어. 모든 것이 마치 내 말도 모르는 사람들에게 선교하러 나서는 것 같아. 좋은 농가를 세우는 일이라면 몰라도 나는 아는 게 없어. 로윅 사람들이 좋은 집에서 살 수 있게 해주길 바랄 뿐! 틈만 나면 그 계획을 세워볼 거야."

*Frederick Douglass*

# 프레더릭 더글러스

*1818–1895*

미국의 작가, 지식인, 정치인. 노예제 폐지론자이자 여성 참정권 운동가였다. 역사적으로 영향력 있는 강연자였던 그는 노예제 폐지에도 큰 영향을 미쳤다. 《미국 노예, 프레더릭 더글러스의 삶 이야기》(1845)는 메릴랜드주에서 노예로 태어나 겪은 일들을 기록한 자서전이다. 그의 소유주는 16세의 더글러스를 잔인하기로 악명 높은 농장주 에드워드 코비에게 빌려주었다. 더글러스는 구타에 반항하며 저항했고, 그와의 결투에서 진 코비는 그를 더는 구타하지 않았다. 수록된 글에서 보호해줄 곳을 찾아 7마일을 걸어가는 더글러스의 모습은 걷기가 항상 환희만 가져다주는 것이 아니라 생존 수단이라는 사실을 깨닫게 한다. 이 글은 미국의 백인 작가들이 자유 또는 여가를 위한 걷기의 환희에 대해 기록할 당시, 같은 나라의 국민이지만 이러한 특권이 허락되지 않는 개인이 있었다는 것을 상기시킨다.

# 미국 노예,
# 프레더릭 더글러스의 삶 이야기

코비 씨 농장에 머물렀던 첫 여섯 달이 그 이전 여섯 달보다 상황이 훨씬 좋지 않았다는 이야기는 앞서 말했었다. 코비 씨가 초래한 이러한 상황은 하찮은 내 삶의 역사에서 하나의 획기적인 사건이 된다. 여러분은 이제 인간이 어떻게 노예화되는지를 보았고 이제는 노예가 어떻게 한 인간이 되는지 보게 될 것이다. 1833년 가장 무더웠던 8월의 어느 날, 빌 스미스, 윌리엄 휴스, 엘리라는 노예, 그리고 나는 밀을 까부르는 일을 하고 있었다. 휴스는 풍구 앞에서 밀을 고르고, 엘리는 풍구를 돌리고, 스미스가 밀을 밀어 넣는 일을 맡았고 나는 풍구로 밀을 갖다 놓는 일을 하고 있었다. 단순한 일이라 별로 머리 쓸 일도 없고 그저 힘만 쓰는 일이었다. 하지만 이런 일에 전혀 익숙하지 않은 나에게는 쉬운 작업이 아니었다. 3시경이 되자 힘에 부친 나머지 나는 결국 완전히 녹초가 되고 말았다. 별안간 머리가 지끈지끈 아프고 어지럽더니 사지가 벌벌 떨리기 시작했다. 이러다가 어떤 상태가 될 것인지 알았지만, 일을 그만두게 놔두지 않을 것을 알기에 나는 정신을 차리려고 안간힘을 썼다. 나는 할 수 있는 한, 밀을 받는 깔때기 앞에서 몸을 지탱하며 서 있었다. 하지만 더 이상 견디지 못한 채 무언가에 눌린 듯 쓰러지고 말았다. 풍구 작업도 멈추고 말았다. 각자 맡은 일이 있고, 동시에 일이 진행되어야 했기에 남의 일까지 해줄 수도 없는 상황이었다.

코비 씨는 우리가 작업을 하던 마당에서 100야드(약 91미터) 정도 떨어진 집에 머물고 있었다. 풍구 소리가 멈추자, 그는 즉시 집을 나와 우리가 있는 곳으로 달려왔다. 무슨 일이냐고 묻기에 빌이 내가 몸이 안 좋아 밀을 가져올 사람이 없다고 대답해주었다. 그즈음 나는 햇볕을 피해 안정을 찾으려고 마당을 에워싼 울타리와 기둥 아래로 기어 들어가 있었다. 그는 내가 어디 있느냐고 묻고는 노예 한 명이 내가 있는 곳을 알려주자 내게로 다가왔다. 한참을 보더니 대체 무슨 일이냐고 내게 물었다. 말할 기운조차 없었기에 겨우겨우 내가 처한 상황을 말했더니, 그 즉시 내 옆구리에 발길질을 하면서 당장 일어나라고 소리 쳤다. 나는 일어나려 했지만, 다시 고꾸라지고 말았다. 그는 다시 나를 걷어차면서 일어나라고 고함쳤다. 간신히 힘을 내 두 발로 일어서기는 했지만, 풍구에 밀을 집어넣는 통을 잡으려 몸을 굽히다가 비틀대며 다시 자빠지고 말았다. 코비 씨는 휴스가 밀을 쳐서 고르는 데 쓰던 히커리 나무판자를 집어 들더니, 그걸로 자빠져 있는 나의 머리를 세게 내려쳤다. 머리에 상처가 나면서 피가 철철 흘렀지만, 그는 당장 다시 일어나라고 내게 호통을 쳤다. 나는 할 테면 해보라는 마음으로 꿈쩍도 하지 않았다. 한대 맞은 덕분인지 오히려 머리 통증은 사라져버렸다. 코비 씨는 나를 그대로 내버려두었다. 그 순간 나는 내 평생 처음으로 주인에게 돌아가 고충을 다 털어놓고, 날 지켜 달라고 요청하기로 마음먹었다. 그러기 위해서는 그날 오후에 7마일가량을 걸어가야 했고 지금 상황에서는 정말로 하기 힘든 일이었다. 몽둥이로 맞고 발로 차인 데다가 당시 앓고 있던 병 때문에 아픈 것도 있어서 그런지 온몸에 힘이 하나도 없었다. 하지만 코비 씨가 한눈파는 사이, 나는 기회를 봐서 세인트마이클스로 도주했다. 이를 눈치

챈 코비 씨가 당장 안 돌아오면 무슨 일이 벌어질지 아냐고 협박하면서 나를 불러댔지만 나는 이미 숲 쪽으로 멀리 도망친 상태였다. 그가 나를 부르건 협박을 하건 상관없이 나는 허약한 몸이 허락하는 한 멀리 숲속으로 도망쳐버렸다. 길을 따라가다가는 혹 따라잡힐 것 같아 숲길로 걸었고 길을 잃을까 봐 멀리 가지는 않았지만 들키지 않을 정도로 길에서 떨어져 갔다. 얼마 가지 않아 남은 힘마저 소진돼 결국 쓰러졌고 얼마간 바닥에 누워 있었다. 머리 상처에서 계속 피가 흘러나왔고, 이러다가 죽는 게 아닌가 생각도 들었다. 이제 생각해보니 머리로 흘러내린 피가 굳어 지혈이 되지 않았다면 그 자리에서 죽었을 것이다. 한 45분간 누워 있다가 다시 힘을 내, 늪지와 덤불을 지나 맨발로 머리에도 아무것도 쓰지 않은 채 걸을 때마다 발바닥에 상처를 내며 앞으로 나아갔다. 한 다섯 시간 동안 7마일가량을 걸어 마침내 주인집 가게에 도착했다. 강철 심장을 가진 사람이라면 몰라도 내 모습은 누가 보아도 심장이 멎을 정도로 온몸이 피투성이였으며 머리털은 피와 먼지로 엉켜 있었다. 셔츠에도 피가 말라붙어 있었고, 발과 다리도 가시와 덤불로 여기저기 찢겨 피가 흐르고 있었다. 마치 짐승 소굴에서 용케 빠져나온 사람의 몰골이었던 것 같다. 주인에게 다가가 힘을 써서 제발 나를 보호해달라고 간청하면서 할 수 있는 한 나의 처지를 제대로 전하니 어느 정도 내 말에 움직이는 듯 보였다. 하지만 바닥을 서성대던 그는 내가 그런 처우를 받을 만한 행동을 한 게 아니겠냐면서 코비 씨가 한 짓을 정당화하려는 듯 행동했다. 그러더니 대체 내가 원하는 게 무엇인지 물었다. 나는 제발 새로운 집에서 살게 해달라고 하면서, 만약 코비 씨와 다시 살게 된다면 그렇게 사느니 차라리 그와 함께 죽어버리겠다고 했다. 코비 씨가 분명 나를 죽여버릴 게 뻔하기 때문이라고 말했다. 토머스 주인님은 코비 씨가 나를 죽일 수 있다는 말을 비웃으며 그가 선량한 사람인 걸 알기에 날 데려올 생각이 없다고 했다. 날 데려오면 1년 품삯을 날려버릴 것이고, 1년간 코비 씨 밑에서 일하기로 계약했으니 무슨 일이 있어도 다시 돌아가야 한다는 것이다. 그리고 더 이상 시끄러운 일로 소란을 피우면 안 되고 그럴 경우 이번에 본인이 직접 나를 잡아 가둬버리겠다는 것이다. 이렇게 겁을 주고 나서는 소금 한 바가지를 내게 건네주면서 오늘 밤은 (이미 늦었으니) 여기서 지내고 내일 아침 일찍 돌아가라고 했다. 안 그러면 나를 잡아 회초리로 족치겠다고 한마디 덧붙였다. 하는 수 없이 그가 시키는 대로 그날 밤을 보낸 후, 이튿날 아침 일찍 나는 코비 씨네로 다시 길을 나섰다. (토요일 아침이었다.) 심신이 지치고 허약해져서 그날 저녁도 못 먹고 다음 날 아침 끼니도 건너뛰고 말았다. 9시경 코비 씨 집에 도착해, 켐프 부인네 들판과 경계를 이루는 울타리를 넘어 가려는데, 코비 씨가 나를 채찍질하려고 소가죽 채찍을 들고 달려들었다. 나는 붙잡히기 전에 옥수수밭으로 도망쳤고 크게 자란 옥수수 덕에 그 안에 숨을 수 있었다. 잔뜩 화가 난 코비 씨는 한동안 날 찾아 헤맸다. 그는 내가 왜 그러는지 전혀 이해하지 못하는 것 같았다. 마침내 날 찾기를 포기하고는 내가 먹을 때가 되면 돌아오겠지 생각하며 그는 안으로 들어갔다. 더 이상 날 찾아 나설 필요가 없다고 생각한 모양이었다. 그날 대부분을 숲에서 보내면서 집으로 돌아가 죽도록 맞을 것인지 아니면 숲에 머물다가 굶어 죽을 것인지 곰곰이 생각해보았다. 그날 밤 우연히도 조금 알고 지내던 샌디 젠킨스를 만나게 되었다. 그에게는 자유인이 된 부인이 있었는데 코비 씨 댁에서 약 4마일 떨어진 곳에 살고 있었고 마침 토요일인지라 부인을 보러 가는 중이었다. 내가 처한 상황을 말해주자 그는 친절하게도 자기와 같이 가자고 했고, 덕분에 그의 집으로 가 내가 처한 문제에 대해 서로 의견을 나누면서 과연 어떻게 하는 것이 가장 나은 건지에 대한 그의 충고를 들었다. 그는 진지한 태도로 다시 돌아가는 게 상책이라고 했다. 하지만 돌아가기 전에 자기와 같이 숲 한구석으로 가자고 했다. 그곳에 어떤 나무뿌리가 있는데 그걸 좀 캐서 늘 내 오른쪽 옆구리에 차고 있으면 코비 씨건 어떤 백인이건 나를 건드리지 못할 것이라고 하면서, 자기도 몇 년간 차고 다녔는데 한 번도 맞아본 적도 없고, 지니고 있는 한 맞을 걱정도 안 한다는 것이다. 처음에는 하찮은 뿌리 한쪽을 차고 다닌다고 해서 그런 효과가 있다는 제안을 받아들이지 않았고, 받을 마음도 별로 없었다. 하지만 효과가 없을지라도 절대 해는 되지 않을 테니 지니고 있으라고 그가 날 집요하게 설득했다. 그 친구의 마음도 즐겁게 해줄 겸 해서 결국 뿌리를 내 옆구리에 차게 되었다. 그게 일요일 아침이었고 나는 즉시 집으로 돌아갔다. 뜰에 들어서자마자, 나는 교회로 나서는 코비 씨와 마주치게 되었다. 그런데 이상하게도 친절한 투로 내게 말하길 근처에 있는 돼지들을 몰아내라고 주문하더니 교회로 발을 돌리는 것이었다. 이런 코비 씨의 기이한 모습 때문에 혹시 샌디가 내게 준 뿌리 한쪽이 정말로 효험이 있는 건 아닌지 생각하게 되었다. 일요일만 아니었더라도 코비 씨의 행동이 그 뿌리에 원인이 있었을 거라고 확신했을 것이다. 그렇기는 해도 처음 그 뿌리 얘기를 들었을 때보다 더 큰 무언가가 있는 것은 아닌지 생각하게 되었다. 월요일 아침까지 모든 것이 원만하게 흘러갔다.

## 4장
# 도시를 걷는 산책자

Charlotte Brontë
**샬럿 브론테**

Robert Southey
**로버트 사우디**

Charles Dickens
**찰스 디킨스**

Charlotte Lennox
**샬럿 레녹스**

Elizabeth Gaskell
**엘리자베스 개스켈**

Alfred Tennyson
**앨프리드 테니슨**

영국의 소설가. 브론테 세 자매 중에서는 가장 나이가 많다. 요크
셔 지방 하워스의 목사관에서 성장했으며 어린 시절 대부분을 요
크셔의 황무지에서 놀며 지냈다. 영국 성공회 목사의 셋째 딸로 태
어나 자매들과 기숙학교에 들어갔으나 열악한 환경 탓에 폐렴으로
두 언니를 잃었다. 고향으로 돌아와 동생들과 독학하다 다시 학교
로 보내졌다. 이후 가정교사 생활과 벨기에 브뤼셀의 유학 생활을
거쳤고 이때의 경험은 《제인 에어》 등의 소설에 반영되었다. 샬럿
브론테의 소설 《빌레트》(1853)에서 화자인 루시 스노는 처음으로
런던 거리를 거닐며 느낀 압도적인 해방감을 묘사한다. 집에만 있
던 빅토리아 시대 여성에게 도시 속 걷기는 흥분되는 일이며 동시
에 새로운 기회를 제공하는 것이기도 하다.

# 빌레트

## 6장. 런던

그다음 날은 3월 1일이었다. 잠에서 깨어나 일어난 다음 커튼을 열자 안개를 뚫고 간신히 떠오른 태양이 보였다. 내 머리 위, 지붕보다 높은 곳에 둥근 감청색의 장엄한 돔이 거의 구름 높이로 솟아 있었다. 세인트폴 대성당의 돔을 보자 마음이 설렜다. 늘 묶여 있던 정신의 날개를 반쯤 폈다. 여태껏 진정으로 살아본 적이 없던 나인데 갑작스럽게 최초로 살아 있다는 느낌이 들었다. 그날 아침 내 내 영혼은 요나의 박 넝쿨*처럼 쑥쑥 자라났다.

"오길 잘했어." 나는 재빨리 옷을 입고 매무새를 가다듬으며 말했다. "나를 둘러싼 거대한 런던의 활기가 좋아.

---

\*   〈요나서〉에 하느님이 빠르게 자라는 박 넝쿨로 요나에게 그늘을 만들어주는 이야기가 나온다.

겁쟁이나 평생 촌구석에 살며 능력도 펼치지 못하고 무명으로 썩는 거지. 그렇지 않아?"

옷을 다 입고 아래층으로 내려갔다. 여행으로 피곤하고 지친 상태가 아니라 말끔하고 상쾌한 기분이었다. 종업원이 아침을 들고 들어왔을 때 침착하지만 유쾌하게 말을 걸 수 있었다. 종업원과 10분쯤 대화했는데, 서로를 잘 알게 된 유용한 시간이었다. 그는 반백의 노인으로 20여 년 동안 이 여관에서 일한 듯했다. 이 사실을 확인하자 분명 15년 전쯤 이곳을 자주 드나들던 나의 삼촌 두 분, 즉 찰스 삼촌과 윌멋 삼촌을 기억할 것 같았다. 내가 삼촌들 이름을 대자 그는 완벽하게 기억해내고 존경심을 드러냈다. 삼촌들이 내 친척이라고 알려주자 내 신분이 명확해졌고 그는 나를 제대로 대접했다. 그는 내가 찰스 삼촌을 닮았다고 했는데, 배럿 부인도 종종 그런 말을 하곤 했으니 그 말은 사실일 것이다. 의심에 차 불편하게 굴던 그가 이제는 싹싹하고 공손한 태도로 나를 대했다. 그때부터는 적절한 질문에 정중한 대답을 들으려고 전전긍긍할 필요가 없게 되었다.

작은 방에서 내다보이는 거리는 좁고 완벽하게 조용

했으며 지저분하지 않았다. 시골 읍내 사람과 별다르지 않아 보이는 행인이 몇 명 지나갈 뿐이었다. 여기라고 뭐 그리 대단한 것은 아니었다. 나는 혼자서 밖으로 나가도 되겠다는 자신감이 생겼다.

아침 식사를 마치고, 외출을 했다. 너무 즐겁고 들떴다. 혼자 런던을 걷는 것 자체가 모험 같았다. 나는 곧 서점이 늘어선 패터노스터 거리에 이르렀고, 존스라는 사람이 운영하는 서점에 들어갔다. 나는 작은 책을 한 권 샀다. 내게는 사치였지만 언젠가 배럿 부인에게 주거나 보내야겠다고 생각했다. 무미건조해 보이는 존스 씨가 책상 뒤에 서 있었는데, 그가 이 세상에서 가장 위대한 사람이고 내가 이 세상에서 가장 행복한 사람인 것처럼 느껴졌다.

그날 아침 나는 어마어마한 활기를 느꼈다. 세인트폴 대성당에 이르렀고 성당 안으로 들어가 돔까지 올라갔다. 돔 위에서 런던의 강과 다리, 교회 들을 내려다봤다. 고풍스러운 웨스트민스터 사원, 초록빛 템플 가든이 보였다. 이른 봄 파란 하늘이 아름답게 펼쳐져 있었고 그 풍경 위로 햇살이 비치고 있었다. 하늘과 땅 사이에는 연한 안개가 끼어 있었다.

돔에서 내려와 황홀한 자유와 즐거움을 느끼며 발길 닿는 대로 헤맸다. 그러다가 어떻게 갔는지 모르겠지만 런던 시내 중심가에 이르렀다. 마침내 나는 런던을 보고 런던을 느꼈다. 나는 스트랜드가로 들어서서 콘힐로 올라갔다. 지나가는 사람들과 섞였고 용기를 내 교차로를 건넜다. 비이성적이라고 할 수도 있겠지만 혼자 이런 행동을 하는 것이 정말 즐거웠다. 나중에 나는 웨스트엔드*와 공원과 멋진 광장을 보았다. 하지만 나는 웨스트엔드보다 도심을 더 좋아한다. 도심은 훨씬 더 열기로 차 있다. 도심에서의 거래, 붐비는 군중, 시끄러운 함성이야말로 진정한 것이고 광경이고 소리다. 도심은 생계를 이어가는 곳이지만, 웨스트엔드는 쾌락만 즐기는 곳이다. 웨스트엔드도 재미있지만 도심에서는 더 큰 흥분을 맛볼 수 있다.

마침내 너무 피곤하고 배가 고파서(정말 몇 년 만에 그런 건강한 배고픔을 느꼈다), 2시쯤 오래된 어두침침하고 조용한 여관으로 돌아왔다. 나는 요리를 두 가지 주문했다. 소박한 고기 요리와 야채 요리였는데 둘 다 아주 훌륭했

---

*     West End. 런던 웨스트민스터 동부 지구. 고급 상점과 극장, 영화관 등이 늘어선 번화가.

다. 고인이 된 친절한 나의 여주인 마치몬트 여사와 나에게 요리사가 올려보내 주던 우아한 소량의 식사에 비해 얼마나 맛있던지! 실은 마치몬트 여사네 요리사의 음식은 말만 해도 입맛이 떨어진다. 나는 기분 좋게 피곤해져서 의자 세 개를 붙여 한 시간가량 그 위에 누워 있었다(그 방에는 소파가 없었다). 자고 일어나서 두 시간 동안 생각에 잠겼다.

나의 정신 상태나 주위 환경 모두 새로운 결심을 하고 대담한 행동을 하기 가장 적합했다. 어쩌면 필사적이었다고 할 만했다. 내겐 잃을 것이 없었다. 과거의 황폐한 삶은 너무 혐오스러워 전혀 돌아가고 싶지 않았다. 내가 지금 하려는 일에서 실패한들 나 말고 고통받을 사람이 누가 있는가? 내가 멀리서 죽은들, 누가 울어주겠는가?('집에서 멀리'라고 말하려고 했지만 내게는 집이 없었다.)

고통스러울 수 있겠지만 나는 이미 고통에 단련되어 있었다. 죽음 자체에 대해서도 곱게 자란 사람들이 느낄 만한 공포심은 없었고, 이미 조용히 죽음을 지켜본 바 있었다. 그래서 어떤 결과가 닥치든 기꺼이 받아들일 준비를 하고 계획을 세웠다.

*Robert Southey*

# 로버트 사우디

*1774–1843*

영국의 시인. 1813년 계관 시인 칭호를 받았다. 학자이자 수필가, 전
기 작가 겸 소설가이기도 하다. 낭만주의 시인이며 윌리엄 워즈워
스, 새뮤얼 테일러 콜리지와 함께 '호수 시인'이라고 불렸다. 사우디
는 1807년 돈 마누엘 알바레즈 에스프리엘라라는 가상의 스페인
여행객의 시선에서 쓴 서한체 소설 《영국에서 온 편지》(1807)를 출
간했다. 영국 전역을 여행하는 이야기인 이 소설에서 사우디는 외
부인의 시각을 가장해 영국의 다양한 사회문제에 대해 자신의 견
해를 드러냈다. 수록된 글에서 에스프리엘라는 런던에 머물며 교
통 체증 시간에 도시 보행자가 겪는 위험성을 기록한다. 이 글은 낭
만적인 도시 산책과는 전혀 다른 산책의 모습을 보여준다. 현란한
광경과 소음, 사람들에 둘러싸인 도시 보행자가 사색에 잠길 공간
은 전혀 없다.

# 영국에서 온 편지

가까워질수록 군중이 늘었습니다. 이 거대한 도시의 주민들이 자정 시간에 밖에 나와 걸어 다니는 모습은 천여 개의 촛불 덕에 놀랄 정도로 확실하게 눈에 들어옵니다. 옥스퍼드가는 유달리 긴 길이 인상적인데, 반 리그(약 2.5킬로미터) 정도나 뻗어 있지요. 양쪽으로 평행하게 뻗어 가는 불빛이 저 멀리 점점 작아졌습니다. 하지만 우리는 별 어려움 없이 걸어 다닐 수 있었고 마차도 별 방해 없이 덜컹대며 나아갔습니다. 그러다가 포트먼 광장 인근에 이르자 상황이 달라졌습니다. 평생 그렇게 많은 군중이 모여 있는 모습을 본 적이 없을 정도였고, 거리 중앙은 마차로 꽉 차 서로들 엉켜 있는 모습이었지요. 사람들은 길을 건너가려고 겁도 없이 말들의 배 밑으로 통과해 지나갔습니다. 마차 안에 있는 사람들은 벗어날 방도가 없기에, 마차의 창으로 빠져나와 다른 마차의 창을 통해 길을 통과하는 수밖에 없었습니다. 마차 문을 열 공간조차 없으니까요. 사람들은 끈기가 있든 없든 간에 그렇게 있을 수밖에 없었습니다. 밤 시간 대부분을 그렇게 보내다가 촛불이 다 타 꺼질 즈음이 되면 모여 있던 사람들이 해산하는 덕분에 자유의 몸이 되는 것입니다.

도보로 거니는 사람들은 그나마 다행이지만 그마저도 쉽지는 않습니다. 걷는 사람들도 두 부류가 있는데, 하나는 광장에서 돌아오는 부류고, 다른 하나는 그곳으로 가는 부류지요. 뒤에 있는 사람이 밀면 어쩔 수 없이 앞사람을 밀고 나가게 되니 힘쓸 필요도 없을 정도입니다. 내가 할 일이라고는 중간에 끼어 압사하지 않을 정도로 내 공간만 확보한 채 떠다니는 것뿐이었습니다. 하지만 길 끝에 어떤 장애가 발생하면 사람들의 물결도 종종 멈추고 맙니다. 뒤따라오는 사람들의 물결은 더 늘어갔습니다. 광장으로 향하는 첫 입구로 들어가려 했지만 허사였지요. 결국 길 건너 인파에 묻혀 나아갔습니다. 두 번째, 세 번째 입구도 마찬가지였습니다. 마지막 네 번째 입구에서는 그나마 운이 좋았습니다. 도시 외곽에 있는 이 입구는 길

상태도 안 좋고 등도 없는 데다가 다들 잘 모르고 마차도 갈 수 없기에 인파로 분주하지는 않았던 거지요. 우리는 이 통로를 통해 M. 오토의 맞은편 길로 들어섰습니다. 정원 펜스 덕분에 위로 올라가 사람들을 내려다볼 수 있었고, 수많은 사람이 노력해도 보기 힘든 그런 광경을 아무 방해물 없이 즐길 수 있게 된 것입니다. 글로 옮기기 불가능할 정도로 멋진 광경이었습니다. 건물 전체가 빛을 발하고 있었습니다.

*Charles Dickens*

# 찰스 디킨스

*1812–1870*

영국의 소설가, 사회 비평가. 빅토리아 시대를 대표하는 작가다. 어린 시절 아버지가 진 빚 때문에 학업을 그만두고 구두약 공장에서 일해야 했다. 이때의 경험은 훗날 《올리버 트위스트》(1838) 등 그의 작품에 큰 영향을 미쳤다. 디킨스는 사회적 병폐와 도시 하위 계층의 생활고를 생생하게 묘사하고 세상의 부정을 통렬하게 비판했다. 불면증으로 고통받던 디킨스는 자전적 에세이인 〈밤 산책〉(1860)에서 노숙자의 시선으로 밤 산책을 묘사한다. 늦은 밤 런던 시내를 산책하면서 그는 걷기라는 행위가 어떻게 불면증에 대처하는 방안이 되는지 이해하게 된다. 도시가 잠든 춥고 외로운 시간에 노숙자는 안락함과 친구를 찾아 거리를 헤맨다.

# 밤 산책

### 13장

수년 전, 불면증 때문에 연이어 여러 날을 밤이 새도록 나다닌 적이 있다. 만약 그냥 침대에 누워 이 불면증을 극복하려 했다면 많은 시간이 걸렸을 것이다. 하지만 잠자리에 들었다가 이내 즉시 가볍게 털고 일어나 거리로 나가 한참을 걸어 다니다 동틀 무렵이면 녹초가 되어 돌아오곤 했는데, 이러는 와중에 불면증을 극복했다.

이 기간에 나는 매우 초보적인 노숙자 경험을 통해 노숙자 생활을 알게 되었다. 밤을 지새우는 것이 나의 주목적이었기에 나처럼 밤새 특별한 목적 없이 떠돌아다니는 이들과 공감할 수 있었다. 3월이라 눅눅한 날씨에 구름 끼고 추운 편이었다. 새벽 5시 반이 돼야 동이 트기에 내가 12시 반경에 길로 나서면 밤이 제법 길게 느껴졌다.

잠에 빠져들기 전 분주했던 거대한 도시가 이리저리 뒹구는 모습은 노숙자들이 제일 즐기는 순간 중 하나다. 이러한 분위기는 두 시간 정도 지속된다. 마지막 술집들이 불을 끄고 술집 종업원들이 주정꾼들을 내몰 때가 되면 동행하는 사람들 대부분이 사라지게 되고, 그러면 여기저기 오갈 데 없는 마차와 사람들만 남게 된다. 운이 매우 좋은 경우, 경찰의 경고 소리와 함께 사람들 싸우는 모습이 보이기도 한다. 하지만 이런 식의 눈요깃거리는 흔치 않다. 런던 시내에서 최악의 관리 수준을 보이는 헤이마켓은 예외다. 켄트가나 올드켄트로를 따라서도 웬만해서는 야간의 정적이 깨지는 곳은 없다. 하지만 잠 못 이루는 런던 시민을 닮아서인지 런던 시내 여기저기에도 뒤척이는 움직임이 보인다. 사방이 고요해진 후, 혹여 마차 한 대라도 지나가면 예닐곱 명이 이를 뒤쫓아간다. 노숙자들의 시야에는 술 취한 사람들이 마치 자석에 끌리듯, 서로에게 이끌리는 모습도 들어온다. 노숙자들은 가게 문 앞에 술 취한 사람 하나가 비틀대며 나타나면, 5분도 되지 않아 친구 하자는 건지 아니면 한판 붙어보자는 건지 또 다른 주정꾼이 비틀대며 나타난다는 사실도 알고 있다. 가는 팔뚝에 부은 얼굴, 창백한 입술을 한 애주가 등, 자주 보게 되는 주정뱅이들에게서 벗어나게 되면, 흔치는 않지만 좀 더 나은 행색을 한 자들을 만나게 된다. 이들은 십중팔구 꾀죄죄한 상복 차림을 하고 있다. 밤거리에서 벌어지는 일은 낮 시간에도 그러하듯이, 우연히 이 구역으로 들어오게 된 평범한 사람조차 술을 마시게끔 만드는 듯 보인다.

　잠들지 않고 늦게까지 남아 있는 파이나 뜨거운 감자를 파는 곳에서 흘러나오는 진정한 마지막 불빛마저 가물대며 사라지면 런던 시내는 휴식에 빠지게 된다. 그러면 노숙인들은 어디 동행자가 없는지, 불 켜진 곳은 없는지, 뭔가 움직이는 자취는 없는지, 누구라도 일어나 있는 이는 없는지, 아니 그저 잠에서 깨어 있는 이라도 있는지 보려고 불 켜진 창문을 찾아 두리번거리게 된다.

　비가 흩뿌리는 가운데 노숙자들은 끝없이 얼키설키 연결된 거리를 걷고 또 걷는다. 여기저기 길모퉁이에서 대화를 나누는 경찰이나 범인을 쫓는 형사들 모습 외에 눈에 띄는 것은 아무것도 없다. 흔치는 않지만, 몇 야드 정도 앞에서 은밀하게 문밖으로 머리를 내민 사람들이 눈에 띄곤 하는데, 이들은 꼿꼿하게 선 자세로 문 앞 그림자에 숨어 쳐다보곤 한다. 하지만 분명 사회에 도움이 되는 일을 하려는 사람들은 아닌 게 분명하다. 야밤에 걸맞은 섬뜩한 적막감 속에서 마치 이끌리듯 노숙자와 이 사람들은 아무런 말도 섞지 않은 채 의심의 눈초리로 서로를 훑어보곤 한다.

창틀과 벽돌담에서 빗물이 떨어지고 파이프와 홈통에서 물이 콸콸 넘치면 워털루 다리로 이어지는 돌 포장길 위로 노숙자들의 그림자가 모습을 드러낸다. 이들은 통행료 징수인들에게 "반갑습니다"라고 인사하면서 그가 지핀 횃불을 바라보는 것이 반 페니 정도의 가치는 있다고 생각한다. 통행료 징수인의 훌륭한 횃불과 큼지막한 코트, 그리고 양모 목도리를 보는 것은 이들에게 마음 편한 일이기 때문이다. 또한 징수인이 철제 책상에 반 페니 동전을 땡그랑 하며 떨어뜨릴 때 마치 온갖 슬픈 생각으로 가득 찬 밤을 견뎌내고 동이 트는 것을 받아들이는 사람처럼 잠에서 깨어난 듯한 더할 나위 없는 상쾌함이 함께하기 때문이다.

*Charlotte Lennox*

# 샬럿 레녹스

*1730–1804*

영국의 소설가, 극작가, 시인. 배우로 활동하다가 시와 산문을 쓰는 작가가 되었다. 글쓰기 경력을 전문화하려 노력하던 레녹스는 새뮤얼 존슨 등의 도움으로 런던 문학계에 진출한다. 《여성 키호테》(1752)는 레녹스의 가장 유명한 작품으로, 익명으로 출간되었으며 인기에 비해 레녹스가 사망한 이후까지 문학적 가치를 인정받지 못했다가 재평가되었다. 세르반테스의 《돈키호테》에서 주인공이 자신을 기사도 문학 속 영웅으로 착각하는 것처럼, 이 소설을 패러디한 《여성 키호테》의 애러벨라는 자신을 로맨스 소설 속 주인공으로 여긴다. 레녹스는 현실과 소설을 분간하지 못하는 애러벨라의 모습을 보여주는 한편, 교육 기회가 매우 제한되었던 18세기 여성들의 무력함을 드러내며 사회상에 의문을 던진다. 수록된 글에서 애러벨라는 런던 시내를 걸어 다니며 엉뚱한 상상을 하다 위험에서 벗어나려고 템스강으로 뛰어든다.

# 여성 키호테

**9장**

　상처받은 우리의 예쁜 주인공은 강을 건넌 후, 앞서 언급한 부인들과 계속해 꼬불꼬불 굽어진 강둑을 따라 걸었다. 부인들은 카드놀이에서 돈을 따고 잃는 문제, 실크 가격, 최근 유행 패션, 실력 있는 미용사, 지난번 만남에서의 스캔들 등 일반적으로 젊은 부인들이 즐기는 대화로 시간을 보내고 있었다. 애러벨라는 상처 입은 마음을 치유하지도 못하는 이런 맥 빠지는 대화(적어도 그녀는 이렇게 생각했다) 때문에 더욱 짜증이 나 참기 어려울 정도가 되었다. 그녀는 루시와 함께 이들을 떠나기로 마음먹고, 갈리아 공주의 숙소를 찾아 나섰다.

　하지만 부인들은 애러벨라를 쉽사리 보내주지 않았다. 애러벨라가 우정을 맹세한 불행한 무명 인사를 찾아

나선다는 말과 그러한 특이한 계획에 진정 흥미를 느낀 이들은 웅큼한 곁눈질을 하고 속닥거리면서 즉시 그녀를 따라나서자고 마음먹었다. 이들은 장난기 어린 말로 끊임없이 말대꾸하며 그녀를 제물로 삼아 킥킥댔지만, 자기 생각에 깊이 빠진 애러벨라는 이를 전혀 눈치채지 못했다.

그녀는 어느 쪽으로 발걸음을 옮겨야 할지도 몰랐지만, 슬픔에 빠진 시네시아가 외딴곳을 숙소로 정했을 것으로 단정하고는 사람들이 적게 출몰하는 곳을 돌아다녔다. 이 불행한 무명 인사를 보고 싶어 그녀를 따라나선 젊은 부인들은 피치 못할 사정 때문에 신분을 밝히지 못하는 이 무명 인사 앞에 모습을 드러내지 않겠다고 애러벨라에게 약속했다.

동반한 젊은 부인들은 이렇게 헤매는 것이 힘들기는 했지만 애러벨라의 우스꽝스러운 행동이 재미있어서 견뎌낼 수 있었다.

애러벨라는 농부를 만날 때마다 혹 이 부근에서 변장한 귀부인을 본 적이 있는지 캐물었다. 어떤 이들에게는 생김새를 설명해주었고, 또 어떤 이들에게는 그녀와 함께 있는 하인의 모습과 함께 귀부인의 옷차림, 울적한 모습,

그리고 정체를 감추려 노력하는 모습 등을 설명해주었다. 이상한 질문들, 그리고 질문들을 전달하는 그녀의 이상한 표현 때문에 사람들은 매번 놀라기는 했지만, 그녀의 품격 있는 아름다운 모습 때문인지 비웃지도 건방지게 대하지도 않으면서 본 적이 없다고 대답했다.

낙담한 애러벨라는 왜 우연이라는 가능성은 이를 기대는 사람에게 전혀 호의적으로 대하지 않는지 한탄했다! 그녀는 자기가 오래 찾아도 만날 수 없는 그 부인은 어쩌면 그녀가 피하고는 싶지만, 막상 만날 수밖에 없는 그런 사람들의 눈에는 잘 띌 것이라고 투덜거렸다.

시간이 늦어지자 젊은 부인들은 하인 없이 돌아다니는 것이 불안하고 위험하다며, 오늘은 그만 찾아다니자고 했다. 부인들이 위험성에 대해 언급하자 애러벨라는 자기가 다들 어디론가 끌고 갈까 봐 겁이 나느냐고 진지하게 물었다. 그리고 대답을 기다리지도 않은 채, 경솔하게도 부인들을 이런 위험에 내몰았다고 사과하면서 어서 귀가하라고 재촉했다. 그러면서도 혹 이들의 자유를 방해할 일이 발생한다면, 관대한 기사가 지나가다가 이들을 구해줄 걸로 기대한다고 덧붙였다. 아주 흔하게 벌어지는 일이니 절대 실망하지 말라고 이르기도 했다.

이렇게 안심을 시켜주어도 부인들이 아무 말이 없자 애러벨라는 이들이 행운의 신이 지켜준다는 것을 믿지 않는다고 보고, 납치당할 위험으로부터 예기치 않게 구원을 받은 여러 여성들의 이야기를 늘어놓기 시작했다.

수년간 죽었다고 생각했던 친오빠에 의해 구출된 스타티라<sup>*</sup>의 생환 이야기와, 낯선 사람에게 구원받은 베레니케 공주<sup>**</sup> 이야기, 그녀가 종종 되뇌던 이름과 인물들, 모험담을 이야기해주었다. 젊은 부인들은 무척 놀란 표정으로 이 이야기들을 경청했다. 로맨스에 담긴 바보짓 때문에 당황해하면서도, 상세한 묘사에 상상력이 더욱 풍부해진 애러벨라는 말을 탄 서너 명의 기수들이 길을 따라 그들 쪽으로 다가오자 모두 잡혀 즉시 끌려갈 것이라는 두려움에 휩싸였다.

이렇게 믿은 애러벨라는 비명을 지르며 물가로 뛰어갔다. 대체 무슨 일인지 몰라 놀란 부인들 역시 그녀를 따

---

<sup>*</sup>　페르시아의 다리우스 3세의 딸로, 알렉산더 대왕의 두 번째 부인이 된다.

<sup>**</sup>　성서에 등장하는 헤롯 아그리파 1세 왕의 딸.

라 달려갔다. 물가로 와 주위를 살피던 그녀는 리치먼드 쪽으로 자기들을 실어 나를 배가 없는 것을 보자 별안간 어떤 생각이 떠올랐다. 그 멋진 로맨스에서 기인한 게 틀림없었다.

그녀는 부인들을 돌아보았다. 다들 그녀가 놀란 이유에 대해 궁금해하고 있었다. 진중한 어투로 애러벨라가 말을 꺼냈다. 친애하는 동반자 여러분, 운명의 신이 여러분에게 진정으로 영웅적인 행동과 숭고한 미덕, 그리고 세상을 향한 빛나는 용기를 보여줄 기회를 요구합니다. 이제 우리가 능히 해낼 행동은 우리에게 불멸의 명예를 안겨줄 것이고 저 유명한 클레리아*만큼이나 칭송되는 명예로운 위치로 우리를 올려줄 것입니다.

클레리아처럼 우리를 기리는 동상이 세워질 것이고, 그녀만큼 다음 세대에게 영웅의 본보기가 될 것이며, 그녀가 누렸던 것만큼 우리의 업적에 대해 왕관과 왕홀을 보

---

\*     17세기 프랑스 소설가 마들렌 드 스퀴데리가 출간한 로맨스 소설 《클레리아, 로마 이야기》의 주인공. 모델이 된 클레리아는 6세기 고대 로마 때 에트루리아의 인질로 잡혀 있다가 여성 무리를 이끌고 테베레강을 헤엄쳐 건너 탈출한 전설적 인물이다. 《여성 키호테》에서 애러벨라는 지속적으로 17세기 프랑스 로맨스를 인용한다.

상으로 받게 될 것입니다. 불경한 섹스투스로부터 자기를 지키기 위해 아름다운 로마의 숙녀가 했던 것을 우리 역시 저 납치자들이 범하려는 폭력을 피해 그대로 따라 해봅시다. 우리를 이런 위기 상황에 빠트린 운명의 신이 우리에게 영광스러운 도피 수단을 제시하고 있습니다. 고귀한 우리의 행동은 다가올 세대로부터 칭송과 존경을 받게 될 것입니다. 다시 말하건대, 동료 여러분, 명예를 추구하신다면, 영원히 사라지지 않는 명예를 추구할 가치가 있다고 생각하신다면 제가 하는 대로, 로마의 클레리아가 했던 것을 따라 해보세요.

말을 마친 그녀는 마치 클레리아가 테베레강에서 했듯이, 템스강으로 뛰어들었다. 말없이 놀란 표정으로 애러벨라의 장문의 연설을 듣고 있던 젊은 부인들, 하지만 무슨 말인지 이해 못 하고 있던 이들은 이 끔찍한 장면 앞에서 비명을 질렀다. 이들은 손을 움켜잡고는 마치 정신 나간 사람들처럼 이리 뛰고 저리 뛰며 도움을 청했다. 루시는 머리를 쥐어뜯으며 고통에 싸여 있었고, 이들을 계속 주시해오던 로버트 씨는 급하게 뒤쫓아온 덕에 애러벨라가 하는 경악할 만한 행동을 볼 수 있었다. 그녀를 따라 즉시 강물로 뛰어든 그는 애러벨라의 가운을 잡고 그녀를 강가로 이끌었다. 마침 지나가던 배가 있어서 의식이 없는 빈사 상태인 그녀를 배 위로 옮겼다. 로버트 씨와 루시가 도운 덕분에 조금 후 강 건너편으로 내릴 수 있었다. 그녀의 집이 강가에서 멀지 않아 로버트 씨는 애러벨라를 팔에 안아 집으로 옮겼고, 숨이 다시 돌아오는 기미를 보이자 그녀를 여자들 손에 맡겼다. 그들은 우선 애러벨라를 따스한 침대에 뉘었고 우리가 언급했듯이 그랜빌 씨를 찾아 나섰다.

*Elizabeth Gaskell*

# 엘리자베스 개스켈

*1810–1865*

영국의 소설가이자 전기 작가. 산업화와 사회 계급, 종교, 페미니즘 등을 주제로 사회문제를 면밀하게 비판한 사실주의적 작품을 썼다. 노동 계층의 빈곤한 삶을 묘사한 첫 소설 《메리 바턴》(1848)이 큰 성공을 거둔 것을 계기로, 찰스 디킨스, 샬럿 브론테와 같은 작가들과 교류했다. 샬럿 브론테가 사망한 뒤 브론테의 아버지의 요청으로 《샬럿 브론테의 생애》(1857)를 집필해 전기 작가로도 이름을 알렸다. 소설 《남과 북》(1854)은 전통적인 농촌인 남부와 근대적 교외인 북부의 서로 다른 생활 방식과 그에 따른 사회문제를 잘 보여주고 있다. 소설의 주요 배경은 산업도시 밀턴이고 여주인공인 마거릿 헤일은 남부 연안의 헬스턴에서 북부의 밀턴으로 이주한다. 이 두 장소는 뚜렷하게 대조된다. 소설의 도입부인 이 발췌문은 야외에서 완전한 자유를 느끼는 마거릿의 모습을 보여준다.

# 남과 북

마거릿은 7월 말에 집으로 돌아왔다. 무성한 숲은 나무의 진한 녹음으로 어두워 보였고 그 아래에서 고사리가 비스듬히 비치는 햇빛을 받고 있었다. 날씨는 무덥고 고요하게 가라앉아 있었다. 마거릿은 아버지 옆에서 나란히 걸어갔는데, 가벼운 발걸음으로 고사리를 밟아 특유의 향을 느끼면서 잔인한 기쁨을 맛보았다. 따스한 햇빛과 향긋한 공기로 가득 찬 공터에는 야생 식물이 햇빛 아래 자유롭게 어우러져 있었고, 빛을 받아 생기 있는 허브와 꽃 들도 보였다. 이러한 삶, 적어도 이 산책만큼은 모두 마거릿이 기대한 대로였다. 그녀는 이 숲을 자랑스럽게 생각했다. 이곳 사람들은 그녀의 사람들이었다. 진정으로 그녀의 친구들이었다. 그녀는 이 사람들의 독특한 말을 배우고 사용하는 게 즐거웠다. 그들과 함께 있으면 자유로웠다. 이 사람들의 아기를 돌보아주었고 노인들에게 또렷한 발음으로 천천히 말하거나 책을 읽어주었다. 병자에게는 맛있는 음식을 가져다주었다. 그녀는 아버지가 매일 나가는 학교에서 곧 자신도 아이들을 가르치기로 결심했다. 하지만 계속 푸른 숲속 시골집으로 가서 남자든 여자든 아이든 상관없이 개별적으로 만나고 싶기도 했다. 마거릿에게 집 밖의 삶은 완벽했다. 집 안에서의 생활은 약점이 많았다. 그녀는 별일 아닌 것에도 수치심을 느끼는 아이처럼 문제 있는 상황에 너무 예민하게 구는 자신을 비난했다. 마거릿의 어머니는 항상 그녀에게 아주 친절하고 다정했지만, 때때로 가족의 상황이 불만스러운 듯했다. 주교가 헤일 씨에게 더 나은 자리를 주지 않는 것은 직무태만이라고 생각했다. 그리고 이 교구를 떠나 더 큰 교구로 가고 싶다는 말을 주교에게 하지 못하는 남편에게 비난을 퍼붓다시피 했다. 아버지는 한숨을 푹 쉬면서 작은 헬스턴에서 할 일이 있는 것에 감사해야 한다고 대답하곤 했다. 그러나 아버지는 점점 더 압박감을 느꼈고, 세상이 점점 더 곤혹스러워졌다. 마거릿은 어머니가 더 좋은 자리를 찾아보라고 재촉할수록 아버지가 점점 더 위축되고 있다고 생각했다. 그럴 때마다 마거릿은 어머니가 헬스턴에 애정을 갖게 하려고 애썼다. 헤일 부인은 근처에 나무가 지나치게 많아서 자신의 건강에 해롭다고 말했다. 그래서 마거릿은 어머니를 달래 햇볕이 잘 들고 그늘이 시원한, 아름답고 넓은 언덕의 공터로 모시고 갔다. 어머니가 실내 생활에만 너무 익숙해져 교회, 학교, 이웃 시골집을 지나 더 먼 곳까지 산책할 리가 없다는 것을 익히 잘 알고 있었기 때문이다. 한동안은 이렇게 멀리 가는 것이 건강에 도움이 되었다. 가을이 오고 날씨가 변덕스러워지자 헬스턴이 건강에 해롭다는 어머니의 생각은 더 심해졌다. 어머니는 흄 씨보다 더 박식하고 홀즈워스 씨보다 더 유능한 아버지가 과거 이웃이었던 두 목사와 같은 대우를 받아서는 안 된다는 불평을 자주 늘어놓았다.

오랜 불만으로 가정의 평화가 깨질 수 있다는 것을 마거릿은 예상하지 못했다. 그녀는 이곳에서는 할리가에서 누리는 사치를 포기해야 한다는 것을 알았고 오히려 그 점이 즐거웠다. 그녀에게 사치는 자유를 구속하고 짓밟는 것일 뿐이었다. 그녀는 감각적인 기쁨을 즐기기는 했지만, 그 즐거움은 여차하면 사치품 없이도 살 수 있다는 자부심과 균형을 이루고 있었다. 물론 지나치게 후자 쪽으로 기운 것은 아니었다. 그러나 구름은 우리가 바라보는 지평선 쪽으로는 오지 않는다. 과거에 마거릿이 집에서 휴가를 보낼 때 헬스턴과 관련된 사소한 일과 아버지의 지위에 대해 어머니가 가벼운 불만을 품고 한탄하는 것을 알고 있었다. 그러나 그때는 전반적으로 행복한 추억만을 생각하고 그다지 즐겁지 않은 사소한 일은 잊고 있었다.

9월 하순이 되자 가을비와 폭풍우가 몰아쳐 집에 머무는 시간이 더 길어졌다. 헬스턴은 교양 수준이 맞는 이웃과는 다소 떨어진 곳에 있었다.

"분명히 여기는 영국에서 가장 외진 곳이야." 헤일 부인이 한심하다는 듯이 말했다. "네 아버지와 어울릴 만한 사람이 여기 없다는 게 늘 속상하구나. 일주일 내내 농부와 노동자만 만나는걸. 우린 완전히 버려진 거야. 맞은편 교구에만 살아도 괜찮을 텐데. 거기라면 스탠스필즈까지 걸어갈 수도 있을 텐데. 분명히 산책 도중 고먼 집안에 들를 수도 있을 거야."

"고먼이라면 사우샘프턴에서 장사로 돈을 많이 번 사람들 말씀이세요? 전 우리가 그 사람들을 방문하지 않는

게 좋은데요. 그런 장사치는 싫어요. 우리가 소박한 시골 사람들이나 노동자들, 가식 없는 사람들만 사귀는 게 훨씬 더 좋아요."

"마거릿, 아가야, 그렇게 까다롭게 굴면 안 된단다!" 어머니는 은밀하게 홈의 집에서 만난 젊고 잘생긴 고먼을 떠올리며 말했다.

"아니에요! 제 취향은 극히 일반적인걸요. 전 토지와 관련된 일을 하는 사람들은 다 좋아요. 군인이나 선원도 좋고, 흔히 학식 있는 직업이라고 하는 신학, 법학, 의학에 종사하는 사람들도 좋아요. 제가 정육점 주인이나 제과점 주인, 촛대 제작자를 우러러보길 바라시는 건 아니죠?" "하지만 고먼 집안이 정육점이나 제과점을 하는 것은 아니잖니. 그들은 점잖은 마차 제작업을 하는걸."

"그러니까요. 마차 제작도 상업적이긴 마찬가지예요. 오히려 정육점이나 제과점보다 훨씬 더 쓸모없죠. 매일 쇼 이모의 마차를 타고 다니느라고 얼마나 피곤했는지 몰라요! 얼마나 걷고 싶었는데요!"

마거릿은 사실 날씨와 상관없이 걸었다. 그녀는 밖에서 아버지와 나란히 걷는 게 너무나 행복해서 춤을 출 지경이었다. 뒤에서 서풍이 가볍게 그녀를 밀어주면, 가을바람에 휘날리는 낙엽처럼 가볍고 편안하게 앞으로 나아갔다. 하지만 저녁에는 항상 유쾌하지만은 않았다.

차를 마시자마자 아버지는 자신의 작은 서재로 물러났고, 마거릿과 어머니만 단둘이 있게 되었다. 헤일 부인은 독서를 전혀 좋아하지 않았다. 신혼 초에 어머니가 집안일을 하는 동안 아버지가 큰 소리로 책을 읽어주려고 시도했으나, 어머니 쪽에서 싫다고 했다. 한번은 취미를 공유하기 위해 두 사람이 주사위 놀이를 해보기도 했다. 하지만 헤일 씨가 점점 더 학교와 교구민에게 관심을 갖게 되자, 각종 의무로 인해 주사위 놀이가 중단되는 일이 잦아졌다. 헤일 부인은 이것을 직업상 당연한 일로 인정하기보다는 받아들이기 힘든 고충으로 여겼고 헤일 씨도 그걸 알게 되었다. 그래서 아이들이 아직 어릴 때 헤일 씨는 집에서 저녁을 먹는 날이면 서재로 물러나 사색적이고 형이상학적인 책을 읽었다. 그것이 그의 즐거움이었다.

*Alfred Tennyson*

# 앨프리드 테니슨

*1809–1892*

영국의 시인. 수려한 표현과 운율이 아름다운 시로 유명하다. 절친한 친구 아서 핼럼이 오스트리아의 빈을 여행하다가 22세에 요절하자 테니슨은 큰 충격을 받아 한동안 절망에 빠졌고 그를 위해 많은 헌시를 썼다. 1850년에 친구 아서에게 바치는 걸작 《인 메모리엄》이 출간되었으며, 워즈워스의 후임으로 계관시인이 되었다. 이 작품은 그의 대표작일 뿐만 아니라 빅토리아 시대의 대표적 시이기도 하다. 원래 제목이 "영혼의 여정"이기도 한 이 시는 고통의 여정을 기록한 애가이다. 감성적인 여정과 더불어 도보 여행이 중요한 테마가 되는 시로, 화자는 걷기를 통해 슬픔을 표현하고 있다. 아서가 죽기 전에 두 사람은 마치 같이 걸으며 우정을 쌓아가는 것처럼 보였으나 혼자 남은 뒤, 시인은 이제 홀로 걷게 된다. 대학가 주위를 걸으며 시간 여행을 하는 화자에게 "예전 그대로지만 예전 같지는 않은" 공간들이 달콤 쓸쓸했던 경험을 다시 불러온다.

# 인 메모리엄

22

둘이 같이 걸었던 길,

우리를 즐겁게 해주던 곳으로 이끌던 길을

올랐다 내려가곤 했지, 달콤했던 지난 4년간을,

봄에서 봄으로, 겨울에서 겨울로 말이야.

흥겹게 같이 노래하며,

계절이 주는 모든 것으로 꾸미고는,

4월에서 4월까지 보냈고,

5월에서 5월까지 진심으로 행복했지.

하지만 우리가 내리막길을 걸을 때,

다섯 번째 가을 비탈을 따라 내려갈 때,

우리가 희망을 품고 내려가던 길에
인간이 두려워하는 그림자가 앉아 있었다.


아름답던 우리의 우정을 깨뜨리고,
어둡고 차가운 자신의 망토를 펼쳤지.
그리고 그대를 아무렇게나 둘둘 말고는,
그대의 입술에서 나오는 소리를 멎게 하였다.


그리곤 내가 모르는 곳으로 그대를 데려갔다.
내가 급히 쫓으려 해도 안 되는 그곳으로.
황량한 그 어딘가로 데려가버렸지.
그림자가 앉아 날 기다리는 그곳으로.


**23**
이따금 슬픔에 갇혀
발작하듯 노래를 부르고
홀로, 나 홀로 그림자가 있는 곳으로 가
머리부터 발끝까지 그림자의 외투에 싸여 있다.

앨프리드 테니슨                                                   **259**

모든 신앙의 열쇠를 움켜쥐고 있는 그림자,

나는 방황하다가 종종 절뚝거리며 자빠졌고,

내가 온 곳을 뒤돌아보거나

이 길이 이끄는 곳을 바라본다.


그리고 소리쳐본다. 나무 이파리 하나하나 주절거

렸던 그 길,

그 길이 얼마나 변했는지를,

하지만 풍요로운 언덕들은 흥얼거린다,

즐거운 숲속의 신이 중얼대는 소리를.


서로 각자를 이끌어주고,

서로의 상상력이 서로에게 빛을 주고,

생각은 말로 이어지기도 전에,

서로들 맞아떨어졌지.


우리가 마주한 모든 것은 훌륭하고 아름다웠고,

세월이 가져다주는 훌륭한 것들,

봄의 모든 신비도

우리 핏속에서 같이 움직였어.

무수한 희랍의 옛 철학을
거룩하게 노래했고,
아르카디아의 피리 소리에 맞춰
우리 주위 수풀도 함께 떨었지.

## 87

교복 가운을 입고 다니던
경건했던 담장 옆을 거닐었어.
마음 내키는 대로 마을을 돌아다니며,
소란스럽던 식당들도 보았어.

대학 교회 꼭대기에 있던 풍금의
우렁찬 연주 소리를 다시 들었어.
우레 같은 소리는
스테인드글라스에 장식된 예언자의 모습을 흔들
었지.

멀리서 외침 소리가 들리고

버드나무 사이로

정연하게 나아가는 경주 보트가 보였어.

나는 강가와 다리들, 그리고


예전의 회색빛 바다 위를 다시 거닐었어.

그리고 예전 그대로지만 예전 같지는 않은 느낌을
받았어.

라임나무 길을 따라 올라가다가

그가 살던 방을 보았지.


다른 이름이 방문 앞에 붙어 있더군.

머뭇대는데, 안에서 노랫소리,

박수 소리가 들려오더군. 소년들이

잔을 마주치고 바닥을 두드리고 있었어.


한때 우리가 토론하던 곳인데,

젊은 친구들이 사상과 예술,

노동, 그리고 변화하는 시장 상황,

그리고 이 땅의 모든 체제를 논했었어.


누군가 방향을 잘못 틀어
본론에서 벗어나거나,
누군가는 외곽만 건드리고,
누군가는 여기저기 안쪽만 건드릴 때


마침내 그가 핵심을 파고들었어.
우리는 그의 말에 귀 기울였지.
법 영역에서 능력 있고 우아한 음악 소리 같았고,
요점마다 막힘없이 흐르는 그의 연설에 반했지.


그가 내린 결론에서 우리는 그의 마음속에 계신 하느님이
그의 얼굴을 밝히고, 그를 번쩍 들어 창공에서
빛나게 하신 듯 보였어. 우리는 영묘한 그의 눈에서
눈두덩이가 두드러진 미켈란젤로의 모습을 보았어.


앨프리드 테니슨                                          **263**

### 100

우리는 태어나 처음으로 하늘을 올려다보았던

사랑했던 지역을 떠난다.

우리의 첫 울음소리를 들었던 지붕들도

이제는 낯선 사람을 감싸줄 테지.


우리는 떠난다. 하지만 떠나기 전,

정원 길로 내려갈 때,

서로 다른 두 사랑의 기운이

이기려고 경쟁을 하네.


하나가 속삭인다. "아침 노래 이후

오랫동안 어린 시절을 노래하고,

술 달린 토종 개암나무 속에서

사랑을 속삭이는 새의 노래를 들었지."


다른 기운이 대답한다. "그렇긴 해, 하지만

나중에 이곳에서 고인이 된 친구와

나무 그늘에서 지냈고, 그러면서

둘이 얼마나 친해졌는가."

이 두 기운이 서로 재면서
한나절을 경쟁한다.
승산 없는 승부로 맞선 가련한 경쟁자들,
서로 굴복당하지 않으려 든다.

나는 이곳을 떠나려고 등을 돌린다.
즐거웠던 들과 농장을 떠나려고
발걸음을 옮길 때, 두 기운은 하나가 되며
회한을 품은 하나의 이미지로 남는다.

앨프리드 테니슨

## 1장 걷기는 마음이 시키는 일

## 2장 여기가 아닌 어딘가로

- **E. M. 포스터**《전망 좋은 방 *A Room with a View*》부분, 1908.

- **로버트 루이스 스티븐슨**〈도보 여행 Walking Tours〉부분, 1876.

- **월트 휘트먼**〈열린 길의 노래 Song of the Open Road〉부분,《풀잎 *Leaves of Grass*》, 1855.

- **라빈드라나트 타고르**《벵골의 모습 *Glimpses of Bengal*》부분, 1921.

- **도로시 워즈워스**《스코틀랜드 여행 회상기 *Recollections of a Tour Made in Scotland*》부분, 1803.

- **윌키 콜린스**《철길 너머 산책 *Rambles Beyond Railways*》부분, 1851.

- **마크 트웨인**《떠돌이, 해외로 나가다 *A Tramp Abroad*》부분, 1880.

- **로사 N. 캐리**《다른 소녀들과 다르게 *Not Like Other Girls*》부분, 1884.

- **존 다이어**〈시골 산책 The Country Walk〉.

- **W. B. 예이츠**〈방황하는 잉거스의 노래 The Song of Wandering Aengus〉,《갈대숲의 바람 *The Wind Among the Reeds*》, 1899.

## 3장 걷는 존재들

- **제인 오스틴**《오만과 편견 *Pride and Prejudice*》부분, 1813.

- **엘리자베스 배럿 브라우닝**《오로라 리 *Aurora Leigh*》부분, 1856.

- **토머스 하디**《성난 군중으로부터 멀리 *Far from the Madding Crowd*》부분, 1874.

- **프랜시스 버니**《방랑객 또는 여성의 어려움 *The Wanderer; or, Female Difficulties*》부분, 1814.

- **에밀리 브론테**《워더링 하이츠 *Wuthering Heights*》부분, 1847.

- **앤 래드클리프**《우돌포성의 비밀 *The Mysteries of Udolpho*》부분, 1794.

- **해리엇 마티노**《디어브룩 *Deerbrook*》부분, 1838.

- **조지 엘리엇**《미들마치 *Middlemarch*》부분, 1872.

- **프레더릭 더글러스**《미국 노예, 프레더릭 더글러스의 삶 이야기 *Narrative of the Life of Frederick Douglass, an American Slave*》부분, 1845.

## 4장 도시를 걷는 산책자

- **샬럿 브론테**《빌레트 *Villette*》부분, 1853.

- **로버트 사우디**《영국에서 온 편지 *Letters from England*》부분, 1807.

- **찰스 디킨스**〈밤 산책 Night Walks〉부분, 1860.

- **샬럿 레녹스**《여성 키호테 *The Female Quixote*》부분, 1752.

- **엘리자베스 개스켈**《남과 북 *North and South*》부분, 1854.

- **앨프리드 테니슨**〈인 메모리엄 In Memoriam A. H. H.〉부분, 1850.

엮은이 **수지 크립스**

편집자이자 작가. 옥스퍼드 맨스필드 칼리지 영어영문학과를 졸업한 후 옥스퍼드 서머빌 칼리지에서 문예창작학으로 석사 학위를 받았다. 현재는 BBC 스튜디오에서 프로듀서로 일하고 있다.


옮긴이 **윤교찬**

서강대학교 영어영문학과를 졸업하고 미국 노스캐롤라이나 대학교에서 석사 학위를, 서강대학교에서 박사 학위를 받았다. 한남대학교 영어교육과 명예교수이다. 마크 트웨인의《허클베리 핀의 모험》, 윌리엄 포크너의《고함과 분노》, 에밀리 브론테의《워더링 하이츠》등 고전 문학을 비롯해《미국 인종차별사》(공역)《문화 코드, 어떻게 읽을 것인가?》(공역)《젠더란 무엇인가》(공역) 등 다수의 도서를 우리말로 옮겼다.


옮긴이 **조애리**

서울대학교 영문학과를 졸업하고 같은 학교 대학원에서 석사 및 박사 학위를 받았다. 카이스트 인문사회과학부 교수로 재직했다. 헨리 데이비드 소로의《달빛 속을 걷다》《시민 불복종》, 샬럿 브론테의《제인 에어》《빌레뜨》, 헨리 제임스의《밝은 모퉁이 집》, 마크 트웨인의《왕자와 거지》, 레이 브래드버리의《민들레 와인》, 제인 오스틴의《설득》등 다수의 명저를 우리말로 옮겼다. 지은 책으로는《19세기 영미 소설과 젠더》《성·역사·소설》《되기와 향유의 문학》등이 있다.